国土地理院所蔵の空中写真（1949 年撮影

短編集

影絵の町

――大船少年記――

短編集　影絵の町　―大船少年記―

目　次

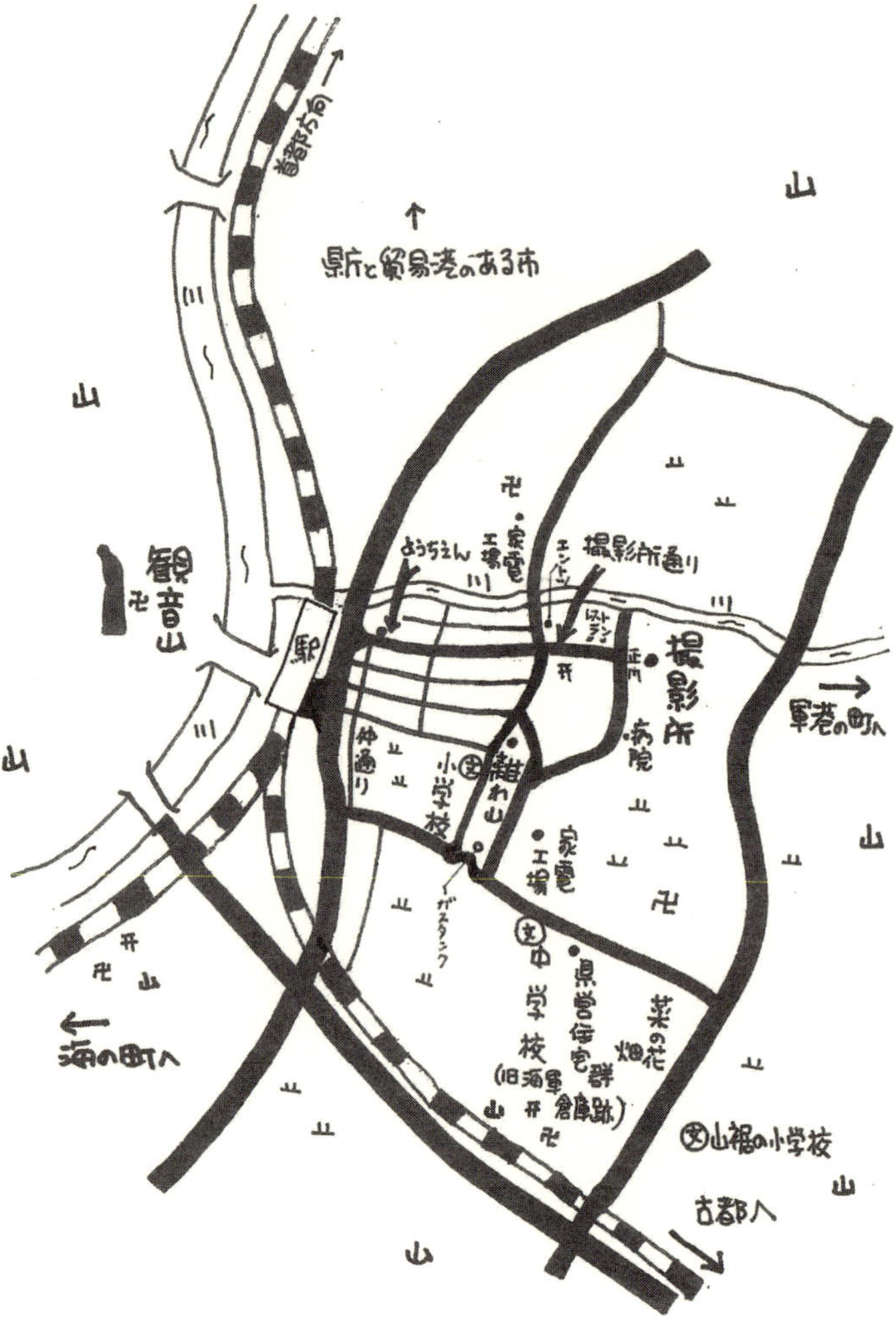
首都方向
県庁と貿易港のある市
山
観音山
駅
川
ようちえん
家電工場
エントツ
撮影所通り
レストラン
撮影所
正門
病院
軍港の町へ
仲通り
小学校
家電工場
ガスタンク
中学校
(旧海軍倉庫跡)
県営住宅群
菜の花畑
山裾の小学校
古都へ
海の町へ

一　天使のゆくえ

小学校に入る前年の春、幼稚園に通い出した。兄弟姉妹の中で幼稚園に行けたのは、彼だけだった。

幼稚園は、彼が住んでいた県営住宅よりずっと北の方にあった。県庁のある大都市との境界となっている川の近くである。「田園」といわれる地域で、子供の足では片道三〇分近くかかる距離だ。

風邪をひいて休んだことがあった。

二日ぶりに幼稚園に行った。休み明けなので気持ちもはやり、少し早めに着いた。まだ誰も来ていない。平屋建ての建物の玄関も、廊下の硝子戸も、その中の障子もぴったりと閉じられていた。いちばん先に来て友だちがくるのを待つのは、なんとなく誇らしくて気持ちがいい。彼は待った。

なかなか、園児たちが現れない。幼稚園が始まる時刻が来て、あっさりと過ぎていった。じいっと彼は待った。

建物の壁に映る木の影が、徐々に沈んでいく。硝子戸の奥の障子がまばゆく光り始める。夏が近づいており、このところ急に強くなった日差しが、足もとの砂場まで照らし出した。

不安になって、小さく、せんせー……、とつぶやいてみた。それはかすれ声となって唇から小さく漏れ出た。何の反応もなかった。玄関も窓も、その中の障子も、しんとしていて動く気配はない。

まだ夏休みじゃない……。臨時の休みだなんて聞いていない……。誰もいないなんて、そんなことがあるもんか……。

疑問が襲いかかった。本当はみんな中にいるんじゃないかという気がしたのだ。中にいて、一緒に息をひそめているんじゃないか……。

背筋に冷たいものが走る。

みんなが自分をだましているんじゃないか……。

せんせー、みんなー……。徐々に力を入れ、吐き出すように叫んだ。みんなどこにいるのー……？　声は震えている。窓ガラスに跳ね返されて、声が自分の胸に食い込んでくるような気がした。何も変わらない。

中にもいないのか……。戦慄した。では、自分を置き去りにしてみんなどこかへ行ってしまったのか……。

せんせー、みんなー……。

震え声は泣き声になった。

今、ここはほんとは幼稚園ではないんじゃないのか……。別のところに幼稚園が行っちゃったんじゃないのか。そこで、みんな仲良く遊んでいるんじゃないのか……。だれもぼくに教えてくれずに……。

どこか自分のいない幼稚園で、みんなは普通に、いつも通り、せんせーたちに怒られ、怒鳴られ、やさしく笑いかけられ、頭をなでられ、抱きしめられているんじゃないか……。

恐怖はさらに増す。それよりも……。

ほんとうにそれよりも……、もしかして、もともと、みんなはぼくのことなんか知らないんじゃないのか……。ぼくをだましているとか言うんじゃなくって……。もともとぼくはこの人じゃないんじゃないか……。つまり、もともとぼくはこの幼稚園に入ってはいなかったんじゃないか……。入っていると思っているのはぼくだけなんじゃないか。ぼくだけが、ずっと、みんなと一緒だったと思い込んでいたんじゃないのか……。だって、兄ちゃんも姉ちゃんも幼稚園には入れなかった。ぼくだけが入れていると、思ってたほうがおかしいんじゃないのか……。大体ここがほんとに幼稚園だったなんて、どうして言えるだろう……。

彼は混乱した。頭蓋骨と頭皮の間を、得体の知れない虫が這い回り始めた。

そうすると今、ここは、ぼくという妙な子供が、全く無関係な人の家の庭に勝手に入り込んで、泣きわめいているだけなんじゃないのか……。

不気味な虫は、全身を這い回り出した。ぶるぶる震えながら彼は、あらんかぎりの声で叫んだ。彼の記憶の中の先生や友だちへ向かって。

せんせー……。みんなー……。

頭の中に先生や友だちの笑顔が浮かび上がってくる。彼は、知っている限りの友だちの名前を呼んだ。みんな確かに、ぼくの知っている顔だ。そして、ぼくを知っているはずの顔だ。ぼくはこれまで、毎日幼稚園に来ていたんだ。確かにここにいたんだ……。ここの子なんだ……。幼稚園はあるはずなんだ。友だちもいたんだ。でも、見えない。どこにもいない……。

そのうちにみんなと自分の世界の間には、片栗粉のとろみでできたようなカーテンみたいなものがあって、それがお互いをさえぎっているような気がし始めた。そのせいでお互いが見えなくされちゃっているんだ……。知らないもの同士にされているんだ。ぼくがここにいて、みんなはほんとはそこにいて、それでいて、ぼくにはみんなが、みんなにはぼくが、見えない、聞こえない、気が付かない……。なんなんだ。なんなんだよう……。

この妙な、気持ちの悪いカーテンを切り裂いて、みんなのところにぼくの声を届かせ、気づいてもらうしかない。自分がいたはずのあの幼稚園でのくらしを呼び寄せるには、叫ぶしかない……。今声が届かないと、この幼稚園での毎日はもともと、ぼくの思い込みでしかなかったことになってしまう。そんなおそろしいことがあっていいはずはない……。恐怖は加速し、頭は沸騰した。涙が洪水のようにあふれ出た。

絶叫しながら、極度の興奮で気を失わんばかりになったとき、おーい……、と声がした。そう言えば、ずいぶん前からこの声はしていたような気もした。門のほうに顔を向けると、涙の中に父の姿が滲んだ。

父は、大きな体を半開きの門に差し入れ、こちら側にはみ出るようにして現れた。笑いながら近づいてくる。

父が言う。役所に行く途中、泣き声が駅まで聞こえてきたんだよ……。

幼稚園から駅までは一キロ近くはある。いくら大声で泣いていたとしても、子供の声が届くわけはない……。もちろん家に電話なんかない。だれかが親に連絡しようもないのだ……。

そのまま、父は、彼を電車に乗せて、県庁所在地にある勤務先に連れて行った。勤めている役所は日本一大きな貿易港の、大桟橋の近くにあった。

父の机の横に、知らないおばさんが用意してくれた椅子に座らされた。黄色いジュースが出た。そこで、木造の部屋の柱に取り付けられている、大きな縦長の時計を見つめながら、午前中を過ごした。

秒針、長針、短針と、時計の針は着実に、一定の速度で回り、メリハリのある音を刻んでいる。ここには確かに時間はあり、着実に経過している。ワイシャツ姿のおじさんやおばさんが、せわしなく出入りし、何事か声をかけ合っている。怒鳴っている人もいれば、笑っている人もいる。机の上で書きものをしたり、お茶を飲んだり、タバコをすったりしている。時々電話が鳴り、あ、はいはい、と応対する声が聞こえる。

ここは大人の世界……。自分だけが子供だが、この大人たちの中に父もいる。紛れもなくいつもの、本当の父だ。何人もの大人たちがそこにいて、そこで何か仕事のようなことをしていることは、疑いようもなく確かなのだ……。

その日、父はなぜか昼過ぎに職場を辞して、彼とともに家に帰った。

彼はその後幼稚園に行かなくなった。理由はわからない。あの日、なぜ幼稚園にだれもいなかったのかも、父がどうして現れたのかもわからないままだ。

二　おにやんま

はじめは、洗濯物に付着していた紐か何かが、取り残されているのかと思った。窓と垣根の間を張り渡した物干し用の縄に、黒っぽいものが細く垂れ下がっている。風が吹くと、周りが流れるようにキラキラと揺れた。トンボの翅のようだ。普段家の周りで目にしている、麦わらトンボや塩辛トンボにしてはかなり大きめに見える。

どきん、とした。もしかしてと、恐る恐る近づいてみた。まさに、おにやんまであった。

おにやんまは、トンボの中で最も権威ある存在だ。ぎんやんまも形や色の美しさでは、匹敵するものがあるが、トンボとしての格からいえば、おにやんまにははるかに及ばない。黄金に輝く目、まっくろで力強く巨大な肢体、それでいてなお優美なそのたたずまいは、他を断然圧している。子供たちにとって、おにやんまはトンボの中の王、昆虫類の皇帝であった。

彼はよく、おにやんまを見に行った。

中国大陸からの引揚者が多く住んでいる、県営の住宅街の中に、彼の家はあった。二軒長屋が、碁盤のように軒を並べたその街区の、南側出口を出ると、田んぼの向こうに、小高い山があり、彼らの町と、隣にあるこの国有数の古都を遮っていた。この山沿いの道によくおにやんまが現れた。

いつも二匹でいた。子供の彼の目線から、二メートルほど上空にあって、三〇メートルばかりの距離を、水平に、糸を引くように行き来している。

おにやんまは頭上まで来ると、ピタッと停止し、少しの間、空中に浮いている。はばたきが速すぎて、翅は見えない。その後、「ぎい」と踵を返すようにして、今進んで来た道筋をまっすぐに、同じ距離を戻ってゆく。もう一方はこれと逆のコースを、対称をなして飛んでいる。一方がこちらの端でとどまっている間は、他方は反対側で向こうむきにとどまっている。彼らが夫婦かどうかはわからない。すれ違いざまに、何か合図をし合っている様子もない。しかし、申し合わせたように二匹は延々と正確にこれを繰り返しているのだ。

そのさまは、威厳あるもののように見えた。人間にはない、神秘な力が備わっているに違いない。幼い彼は日が暮れるまで見つめていたものだ。おにやんまは彼にとって憧れであった。

◇

縄の下をかがみながら進んで、ようやく、おにやんまが手に届きそうなところまできた。思ったよりかなり大きい。全長一五センチもあると思えた。友だちの誰ひとりも見たことのない、すごいやつであることは確かだった。

相手はまだこちらに気づいていないようだ。生きているおにやんまを、こんな近くで見るのは初めてだ。歯をむき出して、口をもごもご動かしている。その仕草は、ほんのちょっとだがいやしい感じもした。尊大な王のイメージが損なわれたようで、彼は少し動揺した。どこを見ているかわからない複眼の目も不気味だ。本当はこいつは自分がそばにいることを、とっくに感づいているのかもしれない。知らないふりをして引き寄せるだけ引き寄せておいて、パッと逃げ去るハラだ……。いつもそうなのだ。昆虫採集の時彼は、動きの激しいもの、空を飛ぶものは、まったく捕まえることができなかった。寸前で逃げられてしまう。

右手のひとさし指と親指をV字型に広げて、標的に向かって差し出した。指先が震えている。心臓がぼこぼこ音を立て、その振動がからだじゅうに伝わる。破裂しそうだ。本当に、本当にこいつはあのおにやんまなのか……、本当に、このぼくが、こいつを捕まえられるのか……。これまで、人に威張れるような結果を何ひとつ出せたことのないぼくが、友だちのすべてがうらやましがるこんな宝物を、トンボの中の王を、自分のものにできるというのか……。

鉄の塊のようなものが重く硬く首筋にのしかかる。はやる気持ちを抑え、尻込みする心をせき立て、差し出した二本の指をそっと閉じた。びくっという手ごたえがあった。夢の一瞬だった。脳がずんとしびれ、こめかみが、どくんどくんと音を立てる。

翅を掴まれた敵は、引き剥がされまいと縄にしがみつく。その力が彼の指に生々しく伝わってきた。ひたむきな荒々しさと悲しさが、彼をおびえさせる。

挟んだ指が痛くなるほどに力を入れながら、左手の指で、縄に巻き付いたおにやんまの手を丁寧に剥がしにかかった。縄から剥がされると敵は、しっぽを前に跳ね上げて、指から脱出しようと図る。翅などもげてもかまわないかのようだ。彼は一旦その胴体を胸側から左手の指で挟み、その後、背中の翅の下側からその胸の側面を、翅もろとも右手の指で柔らかく挟んだ。こうすれば、翅がもげるのを防げる。おにやんまは、ふてくされたようにおとなしくなり、静かに縄から離れた。

◇

捕らえた王を見せびらかすために、彼は友だちを探しに行った。家より一本東側の道に入ると、仲良しというほどではないが、近所の男の子が四、五人立っていた。胸を張ってゆっくりとそこに向かう。

「見て見て！おにやんまだよ！」

子供たちは、不審げに顔を向けた。てんで信じていない様子である。駆け寄ってもこない。しかし、実物を見せつけられると、一様に息を呑んだ。

「ほんとだ！」

周りに輪が出来る。でっけえな……という声が小さく漏れ出る。みんなが動揺しているのは明らかだ。誇らしさが彼の胸を突き上げる。しかし、日ごろ、この子供達が仲間の手柄をたたえるときのようにはならなかった。すげえ、すげえ……、と素直にはしゃいではくれないのだ。

輪の外に立っている男の子が、この連中のボスであった。比較的お金持ちの子で、坊ちゃん刈りに髪をそろえている。一番年上でもあった。子分たちはボスの前で、この、日ごろ、仲間とは言えないやつの手柄を、不用意に持ち上げることは出来ない。それがどんなに偉業であっても、ボスが評価を下すまでは、ほめそやすわけにはいかないのだ。

「なんなんだよ……」

めんどくさそうに顔を突っ込んできたボスの目が、異様に光った。それは堂々たるおにやんまに釘付けになり、いやしくしばたたいた。

「ふうん、おにやんまかあ。」

平静を装うように、ボスはつぶやいた。

「これ、俺にくれるのかよ?」

捕まった時のおにやんまのように彼はビクッとした。冗談だろう……。

「一緒に遊んでやるよ、まざりたいんだろう？ おまえ。」

反射的にうなずいたが、

「でもやんないよ。見せてやるだけだよ。」

きっぱりと答えた。ボスは、へえ……？ と、わざとらしく口をゆがめる。

「よう、ベーゴマ三個やるからよう。」

ベーゴマは、男の子たちの遊びの一つである。バケツに布を巻いて幕を張り、そこに鉄製の小さな独楽を回し入れ、ぶつけあいながら、相手の独楽を外にはじき出すという遊びだ。近辺の子供たちの間ではかなり人気があった。

「いいなあ、いいなあ。」

周りの連中がはやす。彼はそれも即座に断った。心が揺れたのは、その次のボスの言葉である。

「おまえ、糸巻きほしがってたよなあ?」

彼は凧上げを唯一得意としていた。しかし、凧上げ用の糸巻きは高くて買えなかった。それは、握った取っ手の部分を固定したまま、糸を巻く部分だけが滑らかに回転する仕掛けになっていて、自在に糸を放ったり巻き上げたりできるすぐれものであった。正月号の少年雑誌の表紙に描かれている子供は、このしゃれた糸まきを持っていたし、現実にこのボスの男の子が、それを誇らしげに使っているのを、彼はいつも横目で見ていた。こっちのほうはいつも、拾った木材の破片に糸を巻き付けて使っていたのだ。

凧糸もたくさん付けてやる……、とボスはさらにたたみ込む。凧上げをやるものにとって凧糸は命である。高く遠くまで凧が上がれば、その張力は相当なものとなるし、風の強さや凧の大きさに応じてそれは倍加する。どんな条件にも耐えられる丈夫な凧糸は値が張ったのだ。糸巻きと凧糸があれば、凧上げでこんなやつに負けるわけはないのだが……。

「いいよ、そんなものいらない。」

やっとの思いだった。ボスはしらけ顔になって大仰な動作で周りを見回した。

「そんなものって。なに言っててんだよおまえ。なんなんだよ。あんなにほしがってたじゃんか。こんなトンボなんて、どこにでもいるさ。タダで飛んでるんだ。いくらでかくてもすぐ死んじゃうんだ。大したもんじゃねえよ。」

「そうだよそうだよ、おまえバッカだな。」

取り巻きも声をそろえる。

「じゃあ、遊ぼうぜ。」

ボスが言って子供たちを自分の周りに集め、彼は自然にその輪から外れた。

◇

彼は、少しの間子供たちと離れて立っていた。それから、家に向かった。途中で何度も手の中のおにやんまを見た。相変わらず口をもごもご動かしている。しかし、彼には、相手の様子が少し違っているように思えた。さっきまでの敵意が消えている。ボスに奪われるのを防いだことで、トンボの王様は彼の忠誠心を見直してくれたようである。王は彼になじみ、その身を自ら彼にゆだねているようにも見えた。

建てつけが悪くて、玄関のガラス戸は、簡単に開かなかった。いつものことだがこの日は特にひどかった。最初に勢いよく引いたときに、戸の底に埋め込まれている車輪が、玄関のレールから外れて、引っかかってしまったのだろう。やはり気負っていたのだ。彼は、おにやんまを指で挟んでいるほうの肘をガラス戸に押し付け、一方の手で戸を上方にひき上げながら、いつもやるように、静かに、横摺りに移動させた。

部屋に入り、おにやんまを両手に包みこむようにして見た。

片方の主翼である大翅が抜けている。玄関の戸を持ち上げた時、知らずに挟んだ指に力が入ってしまっていたらしい。

「うわあ、うわあ、」

思わずうめいた。これでは台無しではないか。涙まで出てきた。こんな悲劇がまたとあろうか……。ボスの薄ら笑いが頭に浮かぶ。

抜けた翅を、背中の、生えていた部分に押し付けてみた。どうにもならない。

気を取り直して、これまで使うことはないままに、押し入れに放り込んであった虫籠を取り出し、畳に置いておにやんまと翅を入れた。きゅうりのかけらを、その顔付近に押しつけてみた。トンボの類いがキュウリを食べるのかどうかはわからなかったが、おにやんまはキュウリに寄り添って口を動かしている。

虫かごの横に寝そべって夜まで、おにやんまを見続けた。少しづつ気分が落ち着いてきた。主翼は片方だけになってしまったが、なんといったっておにやんまなのだ。誰もがうらやむべきかけがえのない宝物、あの、トンボの王、昆虫類の皇帝なのだ。それが自分の虫籠の中に居る。誇らしい気持ちが再び彼の全身を満たし始めた。

◇

翌朝、キュウリの周りを、蟻が徘徊していた。蟻どもは遠巻きにおにやんまの様子をうかがっているようだ。残された片方の翅をだらしなく広げたまま、トンボの王は動かなくなっていた。

籠から取り出して、畳の上においた。今度はもう泣くこともできず彼は、少し小さくなった王を、長い間見つめていた。

そのうちに、この王様はもともと病気だったのではないかと思えてきた。そういえば最初から元気がなかったようだ。元気ならあんなに簡単に翅が取れるわけはない。それに、翅が一枚抜けたからといってこんなにあっさりと死んじゃうわけはない。きっともともと死にかけていたんだ。なんたって、このぼくに捕まるようなやつだったんだもの……。

この思いは彼の腑に落ち、確信となった。さびしい確信だった。

三　菜の花の道

大雨の日、朝早く父が出勤して行った。毎朝出かけては夜おそく帰ってくる父を、いつも彼は、不思議なもののように思っていた。

しかし、明日から自分も小学校に行き始める。どうやらこれからずっと、朝出ては帰ってくる生活が自分にも始まるということらしい。これまでのように家の周りで、朝から晩まで好き勝手に遊んでいるわけにはいかないのだ。四〇年？　五〇年？　気の遠くなるような長さだ……。彼の気持ちは重かった。

翌日、入学式当日も土砂降りだった。学校までは、畑の真ん中の道を抜けて行かねばならない。もちろん舗装などされていない。地面をひっきりなしに打ちつける雨つぶが、泥を跳ね上げ、学校に着いたときは、新しい運動靴も靴下も半ズボンもぐちゃぐちゃになっていた。

この日、母は、少し紫がかった茶色のツーピースを着ていた。傘から少しだけはみ出た肩パットに、容赦なく雨が降りかかる。肩パットは、母の、彼に対する強い意思のようなものを感じさせた。その凛とした姿は、美しくも厳しく、彼の心に貼り付いた。

「あなたも今日から小学生なのよ。」

と、言われているようだった。

彼の住んでいる県営住宅の、真ん中の道を通り、街区の東側出口を出ると大きく畑が広がっている。春ともなれば一斉に菜の花が開花する。満開の菜の花が覆う畑の中央に、あぜ道にしてはかなり広めの道が突き抜け、一直線に東へ進むと、新しく舗装された国道と交差する。町の北側の大都市から、南側の古都へ続いているその国道を、横断した先の山裾に、彼の入学する小学校があった。

◇

入学後ふた月ほどたった土曜日、朝方は小ぬか雨程度の降りであった。親子六人という大所帯の彼の家に、人数分の傘があるはずもなかった。傘も貴重品だった時代だ。多くは唐傘とも蛇の目ともいうもので、竹の骨に蠟を塗った紙が貼りつけられたものだ。金属製の骨に布を張り渡したモダンなこうもり傘は、稀少で高価であった。

兄や姉のことを考えて遠慮したというわけではない。彼はもともと傘が嫌いだった、傘だけでなく、何か持って歩くというのが、煩わしくて嫌だった。だから、この程度の雨ならと高をくくって、傘を持たずに飛び出した。

傘なしで出るということは、少々濡れるのは覚悟の上ということだ。濡れるのはわかっているのに、ランドセルを背負ってゆくというのも、おかしなものに思えた。上級生になった兄から下がってきた、古いランドセルとはいえ、濡れていいことにはならない。それに、このころのランドセルはカバーの下側の隙間から雨が入りこんでくることもあった。貴重な教科書やノートをぬらすわけにはいかない。となれば当然、これらを持って出る道理はない。

今日の授業は午前中三時限だけだ。忘れたことにして済ませよう……。

ポケットにちびた鉛筆二本と消しゴムを押し込み、ほかには何も持たずに学校へ向かった。着くまではたいして濡れずにすんだ。が、授業中から本降りとなり、昼前からは豪雨そのものとなった。傘も雨合羽も持ってこなかったのは彼だけらしい。放課後、彼はひとりで、玄関口の下駄箱の前に立って、雨の成り行きを見ていた。

少し前、入学したばかりの雨の日に、母が校舎の玄関口に立っていたことがある。その時の母の姿が頭に浮かんだ。母は傘を抱いて心配そうに立っていた。白い生地に紺の水玉模様が染めこまれたワンピースに、当時の女性としては背の高い体を包んでいた。思いがけないことだった。雨が降ると、こんなこともあるんだと思い、うれしくて、母が好きになった。その服、雨が降っているみたいだね……と言って母を笑わせた。

今回はそういうことはなさそうだ。朝、彼が出かけるとき、母は、部屋で横になっていたからだ。どこか具合が悪かったのかもしれない……。

もう、校舎にも校庭にも誰もいない。雨はますます強くなり、風も出て来た。周りの木々が大きく揺れはじめ、渡り廊下のすのこが、泥水をかぶり出す。少し怖い。

意を決して彼は走り出した。そのとき、この日教師から渡された「予定表」を、下着の下にじかにしまい込んだ。ランドセルもなにも持ってきていないから、濡れないように破れないように、無事に持ち帰るには、これしか方法がなかった。学校から家まで、雨から身を守ってくれるものは何もない。

菜の花畑に挟まれた長い道を、一心不乱に走り続けた。雨の重みで、両側からしなだれかかってくる菜の花を、かき分けかき分け進む。花の襞にたまった水がしぶきとなって彼に襲いかかり、畑の道はぬかって、泥が彼の足にしつこくまとわりついた。

家に着いた時は、全身がずぶぬれであった。襟元や袖から流れ込んだ雨が、胸やわき腹を這いずりながら滴り落ちる。上着も下着もパンツも、水に漬け込んだ洗濯物のようだ。服を着たままたらいに入っているのと変わりなかった。

下着の下にしまい込んだはずの「予定表」が見当たらない。素っ裸になって全身を確かめたが、ない。胸にも腹にも、背中にもどこにもないのだ。

その時、肌や下着のあちこちに貼りついている、小さな紙片が目に止まった。濡れて、細かくちぎれていて、よくわからないものだ。わきの下に黒く細かいしみが写っている。謄写版で刷ったインクが水に溶けたらしい。その紙片があの予定表だと理解したときには驚愕し、絶望した。

「予定表」は連絡票を兼ねていて、学校と家族を結ぶ唯一のつながりなのだ。新入生にとってこの上なく大切なものだからこそ、大事に大事に持ち帰ったのだ。途方にくれて彼は、部屋の中でボーっと突っ立っていた。

「風邪ひくじゃないの……。」

横になっていた母が、不機嫌そうに起き上がり、彼の体をタオルで拭いて、毛布にくるんでくれた。その時触れた母の腕は、いつもより暖かいような気がした。

彼は、

「これ予定表。」

と、まだ体にくっついている濡れた紙切れの屑を、震える指でさした。

「えー、本当なの?」

母は顔をしかめた。怒られると思ったが、

「もう一枚、もらって来るしかないわね。」

面倒くさそうに言う。

「土曜日だし、せんせーなんていないよ。もう駄目だよ。くんないよ。」

自分にくれる予定表は一枚しかないに決まっている。彼の身体にちりぢりに貼り付いたもの以外の、ピンとした予定表がどこかにあって、それが、何事もなくすんなりと、母に渡されることなど想像できなかった。あれほど大事だと言われてきたもので、文字通り、肌身離さず持ってきたものなんだ。それでもどうにもならなかったんだ。そんなものが何枚もあって、簡単にもらえてたまるものか……。

彼はふてくされたように、毛布にくるんだ体を横たえた。

母は、雨の中を学校へ向かって出て行った。もちろん蛇の目をさして行った。彼は毛布の中で震えていた。せんせーが今頃学校にいるはずはないし、予定表がもう一枚あるはずはない、くれるはずもないのだ……。でも、予定表がなくなっちゃったのは本当にやばいことだ。来週どうしたらいいか全然わからない……。

◇

受け持ちの女教師の顔が頭に浮かんだ。彼の父の姉か妹の亭主の姉か妹だった。頬と顎がかなり角ばってはいるが、彼にはきれいな顔に見えていた。

数日前の図画の授業の時のことだ。

彼の後ろの席の、彼よりは確かにお金持ちの家の男の子が、

「せんせー、出来ましたあ。」

と叫んだ。彼は思わず、振り向いて声をかけた。

「早いだけじゃだめだよ、上手に丁寧にかかなくちゃ。」

それまで教師に言われていたことを、そのまま言っただけのことだった。てっきりせんせーがぼくに賛成してくれるだろう……と思ったから、少し得意げな口調になった。

間髪をいれず、彼の後頭部に教師の声が弾んだ。

「そうよ、それはそうなのよ、だけど……」

彼が顔を前に戻すとそこに教師がいた。

「そういうあんたは、遅いけど下手なんだもんね」

教師の顔は笑っていなかった。

小さいころから彼はおしゃべりだった。大人になるまで虫歯が一本もなかったが、それはおしゃべりのせいだといわれていたくらいだ。だから、学校であったことはなんでも、家に帰って、話した。しかし、彼はなんとなくこの絵の話は、父にも母にもしていない。

そして、今日という日は、彼は教科書もノートも持って行かなかったのだ。やはりタダではすまなかった。

一時限目の授業が始まるときに彼は元気よく手をあげて叫んだ。

「せんせー、忘れましたあ。」

雨だったんだ……。濡れたら大事な教科書もノートも使えなくなってしまう……。だから忘れたことにしているんだ。悪いことではないはずだ……。しかし、女教師は冷めた横目で彼を見やり、何事も聞かなかったように、顔をそむけてしまった。二時限目のときは真っ赤になって怒った。三時限目のときは、深くため息をついた。

「あんたねえ。あんたはそういう子よ。」

あたしはなんでも知ってるのよ……、と言わんばかりだ。

三時限目の授業のあいだじゅう、彼は廊下に立っていた。つまり立たされ坊主となった。すぐに親にばれるぞ……と彼は思った。あまり親しくはないが、なんたって親戚なんだ。父兄面談の日にならなくても、こんな話は、親戚同士の中でいつ出るかわからない。今日の夜にも親戚中に出回ることになるかもしれない。ならば、帰って自分から言っちゃった方がいい。しかし、父は自分を殴るに決まっている。さあ、どうしよう……。自分は今立たされ坊主で、恥ずかしくないこともないけれど、うちへ帰って殴られるよりはましだ。彼は、こうやって立っている間に地球がなくなってしまえばいいのにと思った。

◇

毛布にくるまって目をつぶっている彼の瞼に、母の姿が現われた。大雨の中、傘にしがみつきながら菜の花の道を歩いている。少し顔が赤い。風邪をひいているのかもしれない……。その後それは学校の玄関口で、たたずんでいる母になり、次に、教科書もノートも持って来ず、立たされ坊主にされた我が子について、義理の義理の姉か妹にあたる教師から、あれこれ聞かされている母の、不審げな顔になった。

彼はそのうちに、今はこうやって震えていることが一番のように思え出した。母はもう行っちゃったのだ。今のぼくに何ができよう。ぼくは何もしなくてもいい。何も考えなくてもいいんだ……、と自分に言い聞かせた。そして、徐々に湧き上がってくるぬくもりの中に、ゆっくりと身をゆだねていった。

うとうとしているうちに雨がやんだ。彼は遊びに飛び出していった。

四　赤い闇

彼は、新居の中で一人だった。

新築の県営住宅に、一家は移ったばかりである。二軒長屋造りの平屋建て。六畳と四畳半の二間の家である。小学校に上がるよりずいぶん前のことだ。

台所となるはずの一角には、まだ、流し台も、コンロも取り付けられていなかった。ガランとしている。

彼は四畳半と台所の間にぼんやり立っていた。双方を仕切っている障子は、南側の窓から差し込む日差しで明るみ、建築したての木材のにおいが、家中に充満している。

ふと、台所の、北側の壁から突き出ている金属の細い筒のようなものが目に入った。幼い彼の肩くらいの高さである。筒の上部には小さなつまみがついていた。

好奇心に駆られて彼は、マッチの火をつけて、左手で筒の先の穴につけて見た。何も変化はない。マッチの火を同じ位置にあてがったまま、右手でつまみを回してみた。固いので力を入れて回すと、シューと空気が漏れる音がして、何かが真横に吹き出てきた。一直線に勢いよく出てきたそれは、先端は赤く付け根のほうは真っ青な、とても美しい光の筋となった。光を吐き出す筒の頭は、小さいけれどたくましく、不思議な生き物のようだった。彼は見とれた。光はぼうぼうと音を立てながら徐々に伸びて行く。

瞬間、えも言われぬ恐怖が彼を襲った。逃げ出したい気持ちをおさえ、勇気を奮い起して、行った。彼は崩れるように座り込んだ。なんだったんだあれは……。あとちょっとでもあのままにしておいたら大変なことになったんだ、と理解できるまでには時間がかかった。赤い光のすぐ先は障子だった。

数日たって、その筒の頭にゴムのホースがはめられ、丸い鉄製のコンロにつなげられた。それから、そいつは、内側にめぐらした輪の中から、幾つもに分かれた火を吹くようになった。あの時ほどの勢いはなく、すっかりおとなしくなった。

◇

世界一広い海へ小さく突き出た半島の、いわば付け根にあたる地域に彼の町はあった。首都から西へ向かう国有鉄道の本線と、半島を南へ下る支線とが、枝分かれするところである。プラットホームが二本あり、このころの駅の機能としては、近くのどこよりも大きかった。彼にはそんなことも、誇らしかった。

東側改札を出て、駅前商店街を南へ抜けると、巾一五メートルほどの、しっかりとした道が東西に走っていた。東に折れ、一キロほど行くと「離れ山」と呼ばれている横長の丘が膨らんでいる。その南側斜面を巻き込むようにS字状の坂道を下ると、両脇に小さな商店街が現れた。床屋や、魚屋、酒屋、文房具屋、駄菓子屋などが並んでいる。そこから東へは、まっすぐの一本道となり、北側に、大手の電機メーカー工場の広大な敷地が広がっていた。周囲はほとんど田畑で、二キロ先には、隣接する古都と彼らの町を隔てるように、小高い山が立ちあがっていた。

以前、この道の南側には、何十棟もの、巨大な木造倉庫が立ち並んでいた。コンクリートの敷き詰められた広大な土地の上にあるこの建物群は、旧海軍省の何らかの施設であったという。

戦後しばらくして、西側の倉庫二棟の内部を改造して、中学校の校舎が作られ、近接する多数の倉庫をつぶして、ただっぴろい校庭が出来た。そして、敷地の東側半分にあった十数棟の倉庫跡には、たくさんの二軒長屋が建てられ、県営住宅となった。そこには多くの、中国大陸からの引き揚げ者が移り住んだ。彼の一家も、引揚者であった。

後に、山裾の小学校から分れて新設された小学校も、一時的にこの中学校に併設された。倉庫を改造した校舎で授業が行われ、一棟は体育館兼講堂として使用された

◇

夏休みも、あとわずかになった、晴れた日の午後四時ころだ。

小学二年生の彼は道の両側に植えられているアカシヤの木にゴムを渡して、ゴム跳びをしていた。ゴム跳びは女の子の遊びだが、その時、道には女の子しかいなかったから、遊んでもらうには、しかたがなかったのだ。県営住宅の、学校に面した彼の家より、一本東側の道

である。

突然、けたたましいサイレンの音が、幾重にも重なって子供達の耳を貫いた。見上げれば、彼の家の屋根の方から、もくもくと煙が上がっている。ネズミ色で、見たこともない太さである。女の子たちも騒ぎ始めた。

彼は走り出した。二軒長屋は、建物は相互につながっているが、敷地の境目が生垣で仕切られている。三軒ほど先にある横道を、右に折れて廻り込まなければ、自分の家の前の通りには出られない。彼は焦った。走っているうちに、煙は、家よりもっと西側の方から上がっていることがわかってきた。それにしても近い。

家の前では、近所の大人たちが数人、金網越しに中学校の方を見ていた。みんなの顔が夕日に赤く光っている。母もいる。視線の先には倉庫の形をした中学校の、緑色の校舎が二棟、直列に並んでいた。

すでに、煙は真っ黒になり、彼らの真上にまでのびて、大きく広がり始めている。

西側の校舎は第一校舎と呼ばれていた。校舎の側面に並ぶ窓ガラスに、夕日が反射して、校舎全体が燃え上がっているようにも思えた。

炎は一番奥の二階の窓から、真っ赤に噴き出ていた。強い夕日と合体して、一層輝きを増している。ぼうぼうという不気味な音があたり一面の空気を揺らす。

すぐに炎は、教室一部屋分の巾になった。窓から上に向かい、屋根をなめるように這い上がってゆく。放水車から何本もの水が放たれ、筋は幾重にも白く交錯していた。しかし、炎は水を得てますます勢いがついたように燃え盛り、校舎の板張りの壁をしゃぶりながら、縦横に陣地を広げて行く。

校舎はすでに、ぐっしょりと濡れ、周辺の地面も、水を吸い込んで、水たまりができ始めた。

彼は身震いした。

燃えている校舎の一階の、窓という窓から、次々と何かがほおりだされているのだ。本や書類のようだ。それらは、夕日を浴びてキラキラと弧を描きながら、地面に落ちて行く。窓に腕や手のひらのようなものが、白く点滅している。母が言う。

「中学生のお兄ちゃんたちがね、学校の教科書や本なんかを、投げ出しているのよ。燃えちゃいけないから、大切なものだからって。」

震え声だった。彼の胸も熱くなった。断られるとわかっていながら、言った。

「ぼくも行っていい?」

母が答えないので、少し、前に出るしぐさをしてみた。ばか……、と、小さな息が漏れて、母の腕の力が、彼の肩に加わった。

火が、二階の半分ほどまで来た。まだ、一階の窓からの放出は続いている。いつまでやるんだろう……。

「もうやめて!」

あえぐように母が言った。

「みんな、死んじゃうよう!」

小学生の彼も叫んだ。

すでに炎は、一階部分を襲い始めている。教師らしい大人たちが、大勢で、校舎に向かって叫び、両手を大きく交差させている。もうやめろ、もういい……。どなり声に泣き声が混ざり合う。大人の男がこんなにあけすけに泣くのを、彼は初めて見た。少し怖かった。

そして、徐々に、放出がやみ始めた。噴水が止まるときのように、勢いがしぼみ、最後に一個だけ、白っぽいものが投げだされて、ばたばたと力なく揺れながら地面に落ちた。

出てきた。中学生たちも大人たちも、ぞろぞろと出てきた。みんな泣いている。それぞれの顔も、叫んでいる先生の顔も夕陽に照らしだされて赤かった。炎に染まってしまったようだった。

投げ出された本や書類は、出来るだけ遠くへ運んだが、びしょぬれで、泥にまみれていた。

これらのほとんどが使えなくなったことを知らされたのは、数日後のことだ。

炎が校舎全体の三分の二ほどにまで至ったときに、放水車のほとんどが移動した。そして燃えている校舎に隣接している、第二校舎と呼ばれている建物に向かって、水を注ぎ始めた。こっちは、教室だけの校舎だという。第一校舎のように、教員室や図書室はなかった。

母がうめくようにつぶやいた。

「あっちはもうあきらめたんだわ。火がこっちの校舎に移らないようにするのよ。」

あっちは、ぜんぶもえちゃうの？　もう消してやらないの？　悲しさが突き上げ彼の胸は一杯になった。その心を見透かすように、母は強く彼の手を握り締めた。仕方がないのよ、もうあっちは駄目なの、燃えてない方を守るしかないのよ……。

第二校舎は、第一校舎と、縦長に、つまり直列式に並んでいた。玄関は、二〇メートルほど隔てて向き合っている。第二校舎の、第一校舎側に向いている玄関側は彼らの居るところからは見えず、どうなっているのかわからない。第二校舎の玄関側も焼け始めているのかもしれない……。火はもう第一校舎全体を炎に包み始めた。バキバキという音が、炎の中から聞こえる。

瞬間、横にわたされていた太く長い柱が落ち、同時にどーんと音がして巨大な建物が、折りたたむように崩れた。

日が落ちて、真っ暗になる直前に、炎はおさまった。柱が数本、黒くたたずんでいる。白い煙が、よろよろと立ち昇っている。

闇の下のあちらこちらで、火はくすぶり続けている。完全に消えたのは深夜になってからだ。

◇

その夜、彼は泣き続けた。空一面に燃え上がる炎。本を投げ出している中学生たち。怒鳴りながら泣いている先生。母の震え声。彼の手を握りしめた強い力。崩れ落ちる校舎。何もかもなくなってしまった真っ黒な焼け跡。彼はひくひくと泣いた。涙も嗚咽もいつまでも止まらない。

泣き疲れて、ドロドロした彼の頭に闇が降りてきた。

闇の向こうから、数人の人影がぼうっとこちらに向かってくる。洗面器を抱えている。銭湯からの帰り道らしい。砂利道の水たまりにはまって、風呂に入ったばかりの脚に冷たい泥がまとわりつく。三歳ころの彼だ。父の声が聞こえた。

もうすぐ寮だからな……。励ましてくれる父に、そうだ……、そうだ……、と、彼は声を張り上げて答えている。もうすぐだもんね。つめたくないもんね……。

母が笑っている。兄も、姉も、笑っている。道は薄暗く、寮はなかなか見えてこない。泥まみれの脚が冷えて行くが、スキップをしながら飛びはねて進む。しばらくすると、寮と呼ばれている建物の屋根が、その姿を黒く現し始める。地上はもはや暗闇に近いが、夕焼けの残照が真っ赤に空を染めて、屋根の線をくっきりと描き出し、その向こうに富士の大三角形が、これも黒々と映し出されている。

一転して、明るさの中に彼はいる。コンクリート敷きの床の上に、舞台の大道具のように、天井のない畳部屋が一間づつしつらえてあり、そこから、それぞれに細い縁側が突き出ている。それが一軒であり、一家族のスペースのようである。

四軒ずつ背中合わせになって一棟を形成し、二メートルほどの高さのベニヤ板が、一軒ごとを仕切っている。仕切られた各空間にそれぞれの家族がざわざわと生息している。たくさんのそうした島が巨大な倉庫の中にひしめいていた。

彼ら一家の縁側の前に、女性が立っている。隣の奥さんが何か持ってきてくれたらしい。母と何か話している。二人とも服装全体が白っぽい。多分割烹着なのだろう。このころの家庭の女性はみんな着ていた。隣の奥さんは母より少し年上に思える。当時の母は、まだ三〇歳になっていないはずだ。

建物の中は、なぜか明るい。戦後間もないこんな時代に電気がいつもこうこうとついていたのか……。母はここでも笑っている。

建物の一辺は約七〇メートル、短い方は三〇メートルほどもあろうか。天井板はなく、高い屋根まで筒抜けになっており、三角形の屋根の勾配がむき出しになっていた。寝ころんで、はるか上の屋根の勾配を見つめていると、その頂点部分の闇へ向けて、生活空間がどんどん吸い上げられて行くようで、幼い彼は不安な気持ちになったものだ。

板張りの壁の、ところどころにある隙間から、細い光が、昼間は外から入り、夜は内側から外へ漏れ出ていた。

◇

そして、再び、彼の脳裏一面に、燃え盛る炎が広がった。恐ろしく静かだ。

その中に、人間の形をした黒い影が、真っ赤な画面に向かって、進んでいくのが見える。黒い影は次々と現れては火の中に消えてゆく。よく見れば、影は手前にある井戸の中から、続々と這い出しているのだ。戦闘服と日よけのついた戦闘帽……。陸軍の兵士たちだ。脇に抱えているのは、放水用のホースのようだが、機関銃のようでもある。

たしか以前、このへんに井戸があった……。でも、あの井戸はずっと前に埋め立てたはずだ……。

県営住宅と中学校の間に、二間ほどの巾の空き地が、境界の金網に沿って長くのびていた。いつの日か、そこに面した家々の住民が、これを掘り返し、畑にした。トマト、きゅうり、カボチャなどが植えられた。井戸はその付近にあった。古いものだ。ずっと前、戦争が始まるころまでは空井戸で、井戸の底には草が生えていたという。

ある時、一人の若い兵士が、中を偵察に降りてみた。すると急に黒い水がどこからともなく湧きあがってきて、兵士を呑みこんでしまったという。その後、井戸の中をいくら探しても兵士は見つからなかったというのだ。

井戸は小石が混ぜられたセメントで丸くかたどられていたが、地上の縁は子供がまたげるほどの高さしかない。戦後、底のほうに黒い水をたたえていた井戸は、子供たちには危険だということで、県営住宅に移り住んだ彼の親たちが相談して、埋めてしまうことになった。

春先の日曜日、朝から大人たちは、石を井戸の中に投げ込み始めた。軍用地時代、一帯に敷き詰められていたコンクリートが、県営住宅を造るときに剥がされたのだが、砕かれた塊が、あちこちに積み上がったままになっていた。それを放り込んだ。彼の母も大きなその塊を抱えて、背筋をぴんと伸ばし、長い距離を大股でしっかりと歩いていた。

投げ込まれた石が徐々に見え始め、ついに井戸は完全に埋まった。その上に土をぎっしりかぶせてならかにした。水があふれ出ることはなかった。あれほどあった水はどこへ行ったのだろう……、と彼は思った。昔、この中でいなくなったという兵隊さんも、これでもう、永遠に出てこられない……。

しばらくすると、敷き詰められた土の上に草が生い茂り、周りのそれと混ざり合った。井戸は、わずかの膨らみを感じさせるだけで、その痕跡をほとんど留めなくなった。

しかし今、兵士たちは次々とその井戸から現れ、縦一列になって、燃え盛る校舎に向かって進んでいる。そのまま一人づつ黙々と炎の中に消えていく。放水された水が一帯にひろがり、鏡となって、炎の真っ赤な色と、兵士たちの黒い影を映し出している。音は何もしない。みんなどこから来たんだ……、どこへ行くんだ……。

真っ赤に覆われた沈黙の中で、巨大な建物がゆっくりと崩れ落ちる。

「わああ」

彼は喚こうとした。しかし、声が出ない。頭全体に声が詰まって破裂しそうだ。そのとき、彼は、覚めようとする意識の中で気づいた。あの建物が、あの校舎が、寮だったんだ。小さいころ自分たちが住んでいた……。戦争が終わってすぐ後、倉庫が中学校になる前に……。そしてなぜかぼくは、そのことをずっと忘れていたし、気にも留めていなかった……。

◇

翌朝、家の中を、焼け焦げのにおいが充満した。どこもかしこも臭かった。

彼は真っ先に第二校舎の玄関側を見に行った。そこは焼けていなかった。その向こうに広大な焼け跡があった。すべてが黒い。

数日で、夏休みが明けた。中学校に隣接している小学校校舎での、生徒たちの間は、犯人探しの話でもちきりだった。すでに、放火だ……ということになっていた。夏休みの午後に、あんな所から火が出るわけはない、というわけである。

そして彼は、あの日あの時、燃える直前に、校舎の一番奥の階段を、数人の子どもたちが叫びながら、走り下りてきて逃げ去った、という話を聞いた。小学生らしいということだ。

ぞっとした。自分がその中に居たような気がしたのだ。

五　地球えんぴつ

山裾の学校に残る生徒たちが、校庭の両側に整列して見送る中を、彼らは歩いて出発した。新しい小学校が設立されて、町の西側、つまり駅方面に住んでいる生徒たちが、転籍することになったのである。彼が小学二年生になったばかりの初夏のことだ。

校門を出てもしばらくの間は、見送りの列が続いていた。

菜の花畑に来ると見送りの列はなくなった。それでも、咲き乱れるたくさんの菜の花に見送られているように思えて、彼の気持ちは昂ぶったままだった。両手を代わる代わる、ことさらに大きく振り上げながら進む。菜の花畑の先に、彼が住んでいる県営住宅があり、それを超えたところに新しい小学校があった。

新しい小学校は、以前、この地にたくさん並んでいた旧軍用倉庫の一棟を、校舎に改造してできていた。二棟は、すでに中学校校舎として使われ、敷地も今は軍でなく、中学校のものとなっている。新しい小学校はそこに、一旦併設される形になった。もともとは、現在の中学校の敷地も、県営住宅の敷地も海軍の用地であったが、これを半分ずつに区切って、学校と住宅に二分したのである。

つまりは、菜の花畑を挟んで、彼の家の東側から西側に学校が移ったということになる。

校舎は、倉庫の中を二階建てにし、縦に廊下を走らせ、その両側に教室を配置したものであった、教員室や音楽室、物置などを含め、一棟に二〇ほどの部屋が出来上がった。もう一棟の倉庫は、コンクリート敷きのままだったが、体育館兼講堂として使われた。正面に舞台風の壇を作り、雨の日の朝礼や、映画会、学芸会などを催す施設とした。これは小学校、中学校兼用であった。

県営住宅と、学校の敷地との間には金網が張り巡らされていた。しかし、こういう囲みは、ほどなくどこからか侵入できるようになるものだ。初めは彼の家のまん前の金網の下の方に、子供が腹ばいになれば通れるだけの隙間が出来た。何度もそこを潜って行き来するうちに、金網は一間ほどの幅にひろがり、ついには巻き上げられて、少しかがんだだけで自由に往来できるようになった。

彼の家は、南北に一八列、東西に一二列並んだ二軒長屋住宅群の一番西の端で、学校の敷地に接しているところにあった。学童にとってこれほど好都合の場所はない。

授業開始のベルが鳴り始めたころ、いつも彼は朝食のちゃぶ台についていた。ベルが聞こえると箸を放り投げて、ランドセルをしょい込み、玄関を飛び出した。金網をくぐって学校の敷地に入り込み、全速力で校庭を横切り、鳴り終わるまでには、校舎まで到着していた。教師が教壇に立ったころは、廊下を走り抜けて、自分の席に滑り込んでいた。

◇

山裾の小学校時代、一年生の時の担任教師は、彼の姻戚に当たる若い女性であった。二年になって、学校が替わり、担任も替わったが、今度もまた、若い女性だった。つりあがってはいるが、奥二重の大きな目が印象深かった。

厳しい教師だった。

六年生の合唱練習をこの女性教師が指導していた時、名前を呼ばれた一人の男子生徒が、

「はいよ、はいよ……。」

と、からかうように返事をしたことがある。教師はキッと睨みつけて、

「前へ出なさい。」

と言った。

「はいよ。」

無防備に突き出された男子生徒の頬に、平手打ちの乾いた音が響いた。

授業でもほとんど笑わない教師だった。生徒が騒ぐと、髪をかきむしるようにしながら、頭を振るのが癖だった。下級生の彼らは、神の怒りにふれたようにおびえた。

彼は自分が、周囲から、いわゆるお調子ものとか、ひょうきんものなどと言われているのを知っていたから、まじめで神経質なこの女性教師に好かれていないことに確信を持っていた。しかし、成績表には、どういうわけかいつも、自分で思ったより高い点がついていた。

五月の日曜日、教室で、この教師が、一人でピアノを弾いていたことがあった。

彼は、休みでも、学校へよく行っていた。学校が一番の遊び場だったからだ。家の門を出れば、金網の向こうはもう校庭であった。周辺にクローバーの草原が広がっていた。色とりどりの花が乱れ咲き、蝶やトンボ、バッタなどの昆虫類もたくさんいた。貯水溝にはゲンゴロウやあめんぼうが住みついていた。

教師は一心にピアノ練習に打ち込んでいる。グランドピアノの、跳ねあがった上蓋の向こうに、彼女の白いうりざね顔が見え隠れし、差し込んだ陽の光が、板張りの壁に弾けて、その顔を明るく照らし出している。丸髷状に結いあげられた髪の下の顔つきはやわらかくて、なんだか幸せそうだ。自分の指から紡ぎ出される音感にうっとりと、身をゆだねているようでもある。普段はいつも、厚手の生地で出来た灰色のジャケツを着ていたが、この日は白いブラウス姿である。日頃の固いごわごわした雰囲気は、今日の彼女のどこにもなかった。彼は胸の鼓動が少し強くなるのを感じ、そのことに戸惑いながら立ち尽くして、見つめていた。

小休止して頭を上げた教師は、入口のガラス戸を半開きにして覗き込んでいる彼に気がついた。

「あら。」

日曜日に校舎に勝手に忍び込んで、見てはいけないものを、盗み見ていたように思えて、彼はあわてて頭を下げた。しかし、教師の方にも、少しうろたえている様子が見て取れた。

休みに学校へ来て、ピアノの練習を内緒で、ひとりで夢中になっているところを見られてしまって、恥ずかしがっているような、はにかんでいるような感じがあった。

◇

ある日、彼は新しい鉛筆を持って学校に行った。

このころの鉛筆は大概が、トンボ鉛筆とか、三菱鉛筆とかいうもので、H、HB、Bなどと芯の濃度を表す文字が軸に表示されていた。

「地球えんぴつ」というのがあった。これは一段ランクの高いものだった。ほかの鉛筆のように胴周りが六角形ではなくて、円形なのもしゃれて見えた。軸の端に地球の形が重々しく刻印されていた。

前日の夜父がくれたのはその「地球えんぴつ」である。銀色の鈍い光沢を放っている。濃さはHBより上のBであった。小学生が使っている鉛筆はほとんどがHBだったから、珍しくもあり、少し大人びても見えた。

彼はもったいなくて、すぐには削らないままにしておいた。授業開始前、クラスメートに見せびらかしてから、大事に筆箱にしまった。はずであった。黄色いセルロイドの筆箱の中である。

放課後、机の中の文具をランドセルに戻すときに、もう一度鉛筆を見ておこうと思った。

筆箱を開けたが、見当たらない。あわてて机の中を見た。小学校の机には引き出しがなく、蓋になっている板を持ちあげれば、文具入れの空間全体がすぐ見渡せるようになっている。そこをなめるように見まわした。ない。

ランドセルの中を探った。中のものは全部、朝来た時に取り出して机に移し替えたはずだ。それ以来ランドセルは開けていない。さっき筆箱から出して友だちに見せびらかした時は、たしかにあった。それにランドセルにむき出しで貴重な鉛筆が放り込まれていることなど考えられない。可能性がないことはわかっていた。それでも見た。やはり、中には何もなかった。

ポケットも調べてみた。大事にしていた鉛筆を、なくしやすいポケットに入れることなど、いくらお調子者の自分でもあり得ないとは、あらかじめ思えてはいたが、その通り、まさぐってもひっくり返しても、何も出てこなかった。時にポケットに穴があいていて、上着の裾の部分に何かがたまっていることがある。この日来ていた服のポケットに穴はなかったが、念のために裾廻りを何度も指で挟んでみた。やはりそれらしい手ごたえはない。

授業中に教室のどこかに落としたのか、とも思った。授業が終了した後、今週の当番が教室の掃除をやった。彼もその一人だった。落したのならだれかが拾ってくれているはずだ。しかし、だれからもそんな声は出ていない……。

雑巾がけで、腹這いになった時に、胸のポケットから飛び出したのかもしれない。ならば、今でもどこかに転がっている可能性がある。あの鉛筆は胴が丸くて転がりやすい。板張りの床は所々傾いている。どこに転がって行くかわからない……。

生徒の数はひとクラス約五十人である。二人がけだから机は二五基ある。彼はその一つ一つの下に潜り込んで見て回った。ない。

呆然として自分の席に座りこんだ。何が何だか分からない。自慢の鉛筆なんだ。父さんから貰ったんだ。まだ削ってもいないし、一度も使ってないんだ。そして、ついさっきまで、ぼくの手元にあったんだ……。声がした。

「帰らないの?」

隣の席の女の子だ。彼と同じ県営住宅に住んでいたから、帰りが一緒になることもたびたびあった。仲がいいわけでも悪いわけでもない子だ。

「ないんだよ。ないんだもの。あの鉛筆……。」

泣き声になっていた。女の子はすっと出て行った。

一人残された教室で、彼はヒクヒクとのどを鳴らしていた。

鉛筆は、さっきまでは紛れもなく彼の親しい仲間であった。彼の分身でもあり、一部ですらあった。そして、父とのきずなを示す替え難いあかしであった。なによりも今日それは、クラスの誰にも誇れる唯一の宝物となっていた。

それが、彼になんの断りもなく、なんの兆しも見せず、ふうといなくなったのだ。さびしくて、恐ろしくて、彼は身を震わせて泣いた。

担任の女性教師が来た。隣の席の女の子も一緒である。彼女が伝えに行ってくれたらしい。

「全部探したのね？」

静かな声だった。うなずくと、

「もう一度探してみましょう。」

などと言う。彼はあえぎながら叫んだ。

「全部探したんだ。みんな探したんだ。もうどこにもないよ。」

自然に語気が強く、甲高くなっていた。

教師はそれには答えず探し始めた。それぞれの机と椅子を、一個ずつずらしながら、体を折り曲げて下を覗き込んでいる。

全体にゆっくりとした動作である。彼の涙目には映画のスローモーションのように映った。ひっ詰めた前髪が、少しほどけて白い額にかかっている。それをかきあげながら、黙って、一脚づつ作業をこなしていく。彼は、自分ももう一度やってみるべきかどうか迷ったが、同じ人間が同じところを何度も見てもしょうがないと思い直した。

「どうしたんでしょうねえ。」

探し終わった教師がつぶやいた。

思いがけない考えが浮かんだ。初めは微かにこめかみの隅をよぎった程度のものだった。しかしそれは段々と、脳の中枢に根を張り、不気味に彼の頭全体に広がって行った。

もしかして、だれかが拾って隠してしまったのか？

それとも……わざと盗んだのか……。

朝、見せびらかしているときに、そんな恐ろしい気持ちで、鉛筆を見ていたやつがいるというのか、あのときのぼくの得意げな動作を、そんな目で見ていたやつが……。彼はそんなことが頭に浮かんだ自分に驚き、うろたえた。でも、それしか考えようがない。そう考えるのが一番わかりやすいのだ……。そうした思考回路というものがあることに初めて気づいた。

でも、だけど、自分からはそんなこと言えない……。

彼は、教師のほうからそのように言い出してくれないか……、と思った。教師は、何も言わず、二列ほど離れた席に座ってこちらを見ている。

彼は、おそるおそる口を開いた。

「あのう、みんなの机の中を見ちゃだめ？」

教師の顔になんの反応もなかった。そのまま彼をじっと見つめている。怒ってもいないし、嘆いてもいない。もちろん彼に同情しているというような目でもなかった。静かに訊いてくる。

「どうして？」

「だって、あるかもしれないじゃん？」

「どうして？」

「だってどこにもないんだもの。」

「でもどうして、だれかの机の中にあるかもしれないの？」

それ以上言うつもりなの……？　というような気配があった。

「だって、教室中探してもないんだもの。」

彼は焦った。

だれかを疑うなんてことは、今日が初めてなんだ……。やっとの思いで先生に言ってみたんだ。すごく大事な鉛筆なんだもの。お父さんがくれたんだもの。それがないんだ。ぼくから離れちゃったんだ。どこかへ行っちゃったんだ。どこにもないなんてことがあるわけがないんだ。何かがあったんだ。だけどそれが何かなんて、ぼくは言えない。ぼくは、鉛筆があればいいいんだ。出てきてくれればそれでいいんだ。だから、あるかも知れないところは全部この目で確かめたいんだ。それだけなんだ……。もし盗んだとしたら、そんなやつが、盗んだものを自分の机の中に入れておくわけがない。それはわかっている。でも確かめたいんだ……。このままじゃ帰れないよ……。このままでは大事な鉛筆を完全に最後まで探したことにはならないじゃないか……。

彼は、無性に悲しかった。大事な鉛筆を無くしたのは自分なのに、盗られたのかもしれないのに、なぜか自分が責められているみたいになっている……。再び彼の目に涙がたまり始め、パラパラと頬をはねて落ちる。

「どうしたんでしょうねえ。」

と、教師は繰り返した。泣くな……とも言わない。

不思議なことに、もうあきらめなさい……、という感じはなかった。いつまでも、こんなことにかまっていられないのよ……、というのでもない。また、なんとかこの件を解決しなければ……、という気負いも、そのたたずまいのどこにもなかった。ただ、そっとそこに座っているだけなのだ。彼を見つめている教師の白い顔が、雨で薄暗い教室の中にふわっと浮いている。

もう一人の女の子は、窓際に立って雨を見つめていた。

それからは、何も起きなかった。彼も、教師も、女の子も全く動かなくなった。軒から垂れる雨のしずくの音が、たしかな間隔を置いて室内に響いた。

涙が止まってから彼はぼうっと、隣りの机を見ていた。なんということもなくである。自分がここに居るのかどうかも、意識から抜け出て行くようであった。

視線の先にくすんだ赤い色のランドセルがあった。彼のことをいつも気を使ってくれているように見える女の子のものだった。今日も、彼を心配して残ってくれている。

あの中にあの鉛筆がないとどうして言い切れるだろう……。隣の席だし、間違って自分の筆箱に入れちゃうことだって、ありえないことじゃない……。彼はブルっと肩を揺らした。

そんなことまで考えている自分におどろいた。でも、ランドセルからどうしても目が離せない。彼は気持ち悪くなって逃げ出したくなった。でも体が椅子にへばりついて動けない。

入口の方から、彼の名を呼ぶ声がした。一つ上の学級に通っている姉の声だ。彼はそっちを見なかった。いつか来てくれるような気がしていた姉であった。

姉は、なかなか帰ってこないから家から戻って来てみたんだ。母さんも心配しているし……と、窓際で女の子と話している。その後、彼に向かって、大きな声で無造作に聞いてきた。

「あの鉛筆なくしちゃったんだって？」

姉には事の重大さが理解できるはずだ。父から貰ったばかりの、あの地球えんぴつなんだ……。彼は黙って、しかし力をこめてうなずいた。

「それで……、どうするの？　帰らないの？」

「そんなこと言ったって、ないんだもの。帰れやしないよ。」

仕方なさそうに姉もそこに座っていたが、しばらくして、

「じゃ、うちには、あたしが言っておくわよ。まだ鉛筆を探しているって。」

と言い残して教室を出た。彼は、何となくこれで自分も帰るきっかけが出来たような気がした。姉が家に着くには五分もかからない。この件を母に伝えている時間はせいぜい二、三分だろう。そのあとに帰ればいい……。

彼は黒板の上にある時計を見て、それを見計らい、椅子から立ちあがった。何も言わずに、教室を出たのだが、その時も教師は黙って座っていた。

涙はもう止まっていたし、乾きかけてもいたが、べそをかいた顔は意識的にそのままにしておいた。母に会うまではこんな感じを持ち続けるのがいい……。

クローバーの密生する校庭を通り、境の金網をくぐって、家の玄関を思いきって開けた。

母がいない。

さっき、二度目に自分が帰ってきた時は、もう家にいなかったな……と姉が言う。当てが外れたような気がしたが、仕方がない。

しかしすぐに、玄関の硝子戸が開く音がした。姉がいち早く飛び出して行って、投げつけるように母に告げた。

「あの鉛筆なくしちゃったんだってよ。それで、今まで探してたんだって。」

その勢いに乗って彼が叫んだ。

「全部探したんだ、教室中何回も探したんだ。先生も来たんだ。先生も教室中探してくれたんだ。それでも見つからなかったんだ。」

母は、買い物かごから野菜を出しながら、黙っていた。聞いているのかいないのかわからなかったが、母が黙っていることに引きこまれるように彼は続けた。

「どこにも見つからないから、どうしても見つけたいから、よく探せばあるはずだから、それでぼくは、みんなの机の中を見ていいか先生に聞いたんだ。」

そこで、ちょっと呼吸を整えた。というより、母の反応を伺った。

「先生は、見ていいと言ったの？」

母が、横顔のまま低い声で言った。

「駄目だって、それでぼくは先生に見てもらいたかったんだけど、」

「先生は、見てくれたの？」

「教室の中はさがしてくれたよ。でも、みんなの机の中は見てくれないんだ。」

「見てくれなかったの？」

「そうだよ、もしかしてあるかもしれないのに。」

と彼はせき込んで言った。

「そう、それはいい先生だわ。ほんとよ。」
と母は言った。

◇

三年生になると、担任が男に替わった。ずっと、男の先生がいいと思っていた。担任が女の先生では、息がつまった。なぜかわからないが緊張するのだ。周りの男子生徒もみんな、女の先生じゃなあ……と言っているし……。担任が男に替わった時、彼は、自分が少し大きくなったような気がした。

五、六年生の時は、かなり老けているが、やはり男性の担任であった。

毎年冬に行う全校の学芸会では、学級ごとに劇をやる。その演目や配役はいつも担任教師が決めていた。彼は出演者の常連だった。主役にはなれなかったが、準主役級の大切な役が、毎年彼に回って来た。

六年生の時の、彼のクラスの演目は、日本民話を題材にしたもので、彼には、山寺の和尚さんの役が与えられた。衣装の袈裟は、近くの撮影所から借りたものだ。

演目は違うが、同じ舞台で練習するから、出演者同士は、クラスを超えて知り合いになる。練習を重ねるごとにお互いに親しく会話を交わすようになっていた。

隣のクラスの演目は、「白雪姫」のオペラであった。王子役は、色白のすらっとした男の子で、学級委員長だった。そのクラス担任は、二年生の時、彼の担任だった女性教師である。だからこのオペラは、みな彼女が仕切ったはずだ。曲も台本も彼女が作り、配役も、みな彼女が決めたはずだ。

学芸会当日、幕が上がって、全身を着飾った王子が舞台に現れた。瞬間、その気品あふれる優美な姿に、観客席のあちらこちらから、ため息が漏れた。

しかし、不幸なことに、体の大きかった王子は、ほかの生徒より早めの声変わり期に入ってしまっていた。それに、朝の冷え込みも喉に影響したらしく、学芸会当日は最悪の状態だった。

舞台中央にしつらえた、森の池のほとりに向かって、

「わたし〜は〜おおじだ〜」

と歌いながら颯爽と登場してくることになっているのだが、声がまったく出ていない。のどをひきつらせ、目を吊り上げ、首を振りたてながら歌おうとするが、ヒーヒーと寒々しい音が漏れるばかりである。

その姿がおかしくて、あちこちからくすくす笑いが起き始め、ついには満場を揺るがす爆笑状態となった。彼の後ろの席には、見学に来ていた母がいた。

「悪いけど、おかしくて……。」

腹を押さえて肩を震わせている。ついいましがた王子が登場した時、

「ま、すてき！」

と、後ろでつぶやく母の声を、彼は確かに聞いていたのだ。

しかし、王子はめげず、最後まで口をパクパクさせ続けた。

彼もほかの生徒たちといっしょに笑ったが、王子の滑稽でひたむきな姿に、何となく心が動かされていた。かなり好感を持ったと言っていい。

◇

王子と彼は、その年の春、同じ町の同じ中学校に進学した。

中学校の校舎の一つは、彼が小学校二、三年生の時、一時期だが小学校の校舎として使用していた校舎だった。彼は再びその校舎に通学することになったのだ。

昔、中学校校舎の一つが全焼した。そのため、もう一棟の校舎の廊下に間仕切りをしたり、校庭に簡易な仮設校舎を建てたりして教室的な空間を作って、燃えた校舎の生徒たちを収容していた。その後、彼が小学四年のときに、小学校が「離れ山」の新設校舎に移転したので、当時、小学校として利用していた校舎を、今度は中学校校舎として使うようになったのである。

小学四年の時に離れた倉庫型の校舎に、彼は中学に入ってまた戻って来たというわけだ。

クラスは別だったが、学芸会以来、お互いに親しくなり、家の方向も同じこともあって、王子と彼はたびたび一緒に帰るようになっていた。

夏も近い日の放課後、二人は校庭のベンチに座って話していた。

「それで、出てこなかったんでしょ?」

と彼は友人となった王子に訊いた。

友人のクラスの担任が、受け持ちの生徒全員の持ち物検査をやったという話は、彼のクラスにも伝わってきていた。数日前のことである。なくなったのはその友人の財布であった。

友人は少し躊躇しながら、

「いや、出てきちゃったんだよ、」

と、声変わり後の、低くやわらかい声でつぶやくように言った。

「どこにあったの?」

彼は、急き込んだ。

「いや、かばんの中からだけど。」

彼はびっくりした。友人の口ごもった言い方からして、そのかばんが、財布を盗んだだれかのもの、つまり犯人のものであることは明らかであった。本当にだれかが盗んだんだ。それもお金をだ……。泥棒がこの学校に、ぼくらの周りにいたんだ……。

「だれだかわからないんでしょ？」

「いや、それがね。わかっちゃったんだよ。」

「先生が教えてくれたの？」

「うん。」

「みんな知ってるの？」

「いや、ぼくにだけ知らせてくれたんだけど。もちろん。」

わずかな沈黙があり、彼は思い切ってたたみ込んだ。

「だれだったの？　だれにも言わないからさ。」

彼は、自分が約束を守る人間であることを確信した。そして、自分が、金を盗んだ生徒の名を知っていながら、だれにも言わない人間であるとすれば、それは実に誇り高いことに思った。そういう人になりたかった。泥棒がだれであるかなどは、本当はあまり興味がないんだとも思った。ただ、このことを知っていながら、だれにも話さないという気高い精神を、友人同士であるこの二人が、ともに胸に抱えあっている状態というのは、彼には十分気に入ることだった。

友人は顔をゆがめた。

「いや、あの、いくらきみでもそれは言えないよ。」

「それじゃ、ぼくの知ってる人？」

抑えが利かなかった。友人は彼の顔を見つめた。眼に思いつめたような力がみなぎった。彼を確かめるようでもあった。

「いや、どうかな、それも言えないよ。それに……、」

「きみがうちのクラスの、だれを知っているのかも、ぼくは知らないよ。」

友人は下を向いて絞り出すように、しかし、毅然と言い切った。まるで彼との友情がどうなってもかまわないとでも言うようである。

直後、友人は顔を上げた。さわやかないつもの笑顔に戻っていた。こんなことで、君がぼくを嫌いになることはないはずだよ……、という確信に満ちた笑顔であった。彼は、それ以上訊かない方を選んだ。

◇

帰って母にその話をした。じっと耳を傾けていた母は、話が終わると、訊き返した。

「最後まで言わなかったの？　ほんと？」

彼がうなずくと、静かに言った。

「その子は、大事なお友だちよ。」

「さすがは王子さまね……。」

彼は、自分があのとき、相当に恥ずかしい場面まで行っていたことを知った。そして、すんでのところで友人に救われたのだと思った。

同時に、友人の今の担任である男性教師の顔を思い浮かべた。両の頬骨がとがっていて、体育系の力強い顔をしたあの教師は、内緒にではあれ友人に「犯人」の名前を教えるという処置を取ったんだ……。

そういえば、ずいぶん昔、大事な鉛筆を無くしたことがあった……。その時、彼の担任だった若い女性教師は、ほかの生徒の机の中を探すことを、彼に認めなかった。教師自身もそこを探そうとしなかった。母がそれを褒めていた。そんなことが思い出された。そして、その教師は、小学六年生だった時の王子の担任でもあった。

「きれいな先生よね……」

母はよく、そう言っていた。幼かった彼は、教師の当たりのきつさばかりが気になって、そんなことに気付かなかった。

彼は、雨の暗い教室で、涙にふさがれた瞼の向こうに、白く浮かんでいた女教師のぼやけた顔を思い浮かべた。今から考えれば、あのとき、先生が、本当はすごくきれいだったことに気づくべきだった……。彼女は黙って彼を見つめていた。大きな目だった。あの時にぼくは先生を好きになるべきだったんだ……。というより、あのころぼくは、ほんの少しだけど、実は先生のことを好きだったのかもしれない……。そんな気がし始めていた。それは、休みの日に一人でピアノの練習をしていた彼女の姿を、そっと覗いていた時からのようにも思えた。ただ、ぼくは、自分がそう思っていたことに、ずっと気がつかなかったし、気がつこうとしなかったんだ……。ずいぶんと月日が経って、中学生になったぼくは今、あの小学二年の時に過ごした校舎に、また戻って来ている……。でも、今年の春、あの先生は、遠く離れた町の小学校に転勤してしまった……。

銀色の丸い軸の鉛筆が、薄暗い木造校舎の廊下を、ころころと転がって消えてゆく画面が、頭をよぎる。長い間取り返しのつかない、大きな損をして来たような気持ちが彼を覆った。

六　我が観世音

駅の西側を出て、線路沿いに流れる川を渡ると、「観音山」がある。山といっても丘といえる程度の高さである。

頂上に立っている観音像の背丈は、山全体の高さの半分近くを占めている。幅も広い。なのに上半身だけである。上半身くらべなら、世界で一番大きい観音様である。

観音様には、覆いも屋根もない。彼女は春夏秋冬、白くて分厚い上半身を風雨にさらしている。

観音様の下半身は、地面に深く埋められているらしい。山を全部掘り返せば、世界一巨大な、観音様の立像となるはずだったという。戦争があって、その工事ができなくなったともいう。

実はこの観音様は、隣町の古都にある、美男の誉れの高い、大仏様に恋をしているのだという。恋しい相手のそばに寄って行こうとしたら、すげなくそっぽを向かれて、近づけなくなり、そのショックで固まってしまったらしい。そのまま長い月日が経つうちに、下半身が土の中に埋まってしまったというのだ。動けなくなった悲しい観音様は、今でも遠くから、大仏様の背中を追い続けているのだ。

子供のころの彼にとって、この話はあまり実感が湧かないものだった。なぜなら以前の観音様にそんなふしだらな様子は全くなかったのだ。

彼が物心ついたころ、観音様は、灰色であった。むしろ黒ずんでいた。外形の線も荒削りで、巨大なコンクリートの塊ともいえるものであった。

顔も胸も、ともかく大きかった観音様は、薄目を開けて人々を見下ろしていた。まぶたの奥の目玉も巨大で、見上げていると吸いこまれそうだ。慈愛に満ちた……とかそんなものを超えて、宇宙の万物をすべて包み込むような、大きく深いたたずまいを彼女はしていた。威厳にあふれていたのだ。

◇

観音様の周囲は、ただの空き地であった。山の中腹をススキやクマザサをかき分けて進むと、砂利の混ざった土の地面がむき出しになった、観音様のある狭い広場に出た。

観音様の背中へ廻ると、大きな穴が開いていた。体内は暗いがらんどうだ。所々の隙間から外の光が差し込む。

真ん中に格子型に組んだ鉄の柱が、立ち上がっていた。一度、友だちに誘われててっぺんへ登り、観音様の頭上から、下を見たことがある。大きな鼻のような隆起物が見えたが、恐ろしくて、すぐ下に降りた。少し大人になってから見た映画に、アメリカ大統領の大きな顔がいくつか、山の側面に彫られて、そこを主人公たちが伝い降りるシーンがある。高所恐怖症の彼は、下半身がもぞもぞして、胸が苦しくなったものだ。だから、その後、観音像のてっぺんから見下した光景を思い出すたびに、自分はあのとき、あんな恐ろしいところにいたんだ……と、何年たっても脂汗が出る。

観音山はここら一帯の花見の名所でもあった。彼の家でも、毎年、必ず家族総出で、いなりずしなどを持ってそこに出かけた。

◇

その日は出発前から、家の中が不穏だった。父と母の間の空気が異様に固い。

父はよく怒る男で、体も大きかったから、怒鳴ると怖かった。父が不機嫌な時は家じゅうがピリピリした。だから、この日は一年に一度のせっかくのお花見なのに重苦しさが家族全体を押し包んでいた。

それでも出かけた。春の外気はすがすがしく、歩き出せば、けっこう晴れやかな気分になった。何とかなりそうな気がし出して、小学三年生になったばかりの彼はいつもどおりはしゃぎ始めようとした。

ところが、道のりを半分ほど来たところで、母が、突然帰ってしまったのだ。そんなことは初めてだった。父が母に何か言ったらしい。

彼は、母が何か忘れ物を父に指摘されて、取りに帰ったのかと思い、立ち止まって母の後ろ姿を見ていた。家からはまだそんなに遠くない。

「いいから行くぞ！」

という父の声に促されて歩きはじめた。その時はまだ、母は後から来るのかと思っていた。

観音山に着いたころ、どうもいつもと違うことが起きたと感じ始めた。

「かあちゃんは？」

兄にそっと聞いてみると、

「帰っちゃったんじゃないの？」

と、兄はごく普通に答えた。

母のいない花見は、沈んだものとなった。父の機嫌はあいかわらず悪く、黙って、いなりずしを睨みつけるようにして、頬張っている。いやな務めを果たしている男のようだ。これではしゃごうにもはしゃげない。空も曇ってきた。

一つ年上の姉が周囲を見回しながら、

「きれいねえ、」

と学芸会のセリフのように言った。

彼は、母がちゃんと家に帰って、今も家にいるんだろうかと思った。

でも、母はいないけれど、家族がここで花見をしている。今日はまあ、あまり楽しくはないけれど一年に一度のお花見なのだ……。

寝ころんで灰色の空を見上げると、観音様が大きく視界を覆った。今日は特に黒っぽい。その頭の上を雲が足早に走っている。じっと見ているとむしろ観音様の方が、動いているようだ。それがどんどん拡大して彼にかぶさって来るのだ。半開きの奥の大きな目が自分を見つめている。彼は、なんとなく母の気配を感じとろうとしていた。

そうだ、あの時の母だ……。

あの日、台所で洗い物をしている母に向かって、ねえ、死ぬってどういうことなの？……、と訊いた。寝ているときとおんなじようなものなのかなあ……とも言った。母は、一瞬息をつめたように、手を止めた。そのまま、どうしてそんなこと聞くの？……と言った。彼は、寝ていて、起きたときそう思ったの……と答えた。

もっと小さいとき、彼は自分が、寝ていることなど気がつかなかった。それがある朝、自分が今まで寝ていたことに気付いた。それからは寝るとはどういうことか、が気になりだした。布団の中で目をつぶるたびに、その考えに取り付かれ、頭がどろどろし出した。まぶたの内側に得体のしれない模様が次々とわいてきて、彼を脅かす。恐ろしいことにそれらの模様は、決まって、彼が予測したとおりのものになった。鬼のようなものに違いないと思えばそうなったし、それが不気味に笑っている、と思えばそうなった。髪降りみだした女性の顔になるに違いないと思えば必ずそうなるのである。だから、無理やり、楽しいもの、嬉しいものを想像しようと努力するのだが、どういうわけかどうしてもそういうものは思い浮かばない。それでも知らないうちになんだかわからなくなってしまって、朝起きてから自分が眠っていたんだと気づく。

寝ている間の自分は、自分ではよくわからない状態なんだ……。だから死ぬというのもこういう感じなのかもしれない……と思い始めた。ただ、死んでしまった場合は、ずっと目が覚めないだけなのだ……。もし夢を見たまま死んでしまったら、ずっとおなじ夢を見続けているのかもしれない。それはそれでなんだかこわいことだ……。

母は首を回して彼を見下ろし、じっと見つめた。どういうことなのかしらねえ、ほんとに……と言った。あなた、こんなに小さいのに、そんなこと……とも言った。それから沈黙があった。彼はすくんだように母の前に立っていた。

そうだ、あの時の母の目だ……。

しばらくして母は、水道の蛇口の方に目を戻したが、手を動かすことはせず、じっと自分の手に当たって流れて行く水を見つめていた。その姿は、全然知らない人のようであった。

彼は、身震いした。訊いてはならないことを訊いてしまったような気がした。黙ってその場から離れた。ぼくはもうこの話はしない……。

曇り空の観音様に笑いかけてみたが、相手は笑ってくれなかった。泣いても怒ってもいなかったし、優しくも怖くもなかった。じっと彼の体を射抜くような視線を送っている。見つめ合っているうちに不思議に気持ちが落ち着いてきた。

早く帰ろうと思った。そのとき、雨がぽつんと頬に落ちた。

◇

何年かたって、観音様は変わってしまった。改装されたのだ。彼女は、すっかり若返っていた。全体がクリームがかった白さで覆われ、肌も磨かれて妙につやつやしている。荘厳だった観音様は、すっかり、年頃の、妖艶な、つまんないお姉さんに変身してしまったのだ。つまり改装してからの観音様は、言い伝えを裏付けるような代物になったのだ。つれなく背中を向けている大仏様に、あだっぽい視線をしつこく投げかけている。

周辺も、人工的な、こてこての、見世物風境内になってしまった。以前はただの山道だったが、そこを石の階段にし、砂利や、石畳を敷きつめた。電気仕掛けのぼんぼりまで道に沿って這わせたのだが、たまらないのはピンクがかったその色だ。

観音様が改装されてすでに半世紀以上になる。改装された当時、色っぽいお姉さんに見えた観音様は、彼が成人し、老いるにつれてどんどん若返って行った。

今では、かわいらしいがこましゃくれた小娘のように見える。

七　夢の小僧

寝小便は小学校三年まで続いた。きみは大物だ……、と、父がいつも言っていた。坂本竜馬という幕末の英雄は、一五歳まで寝小便を垂れていたという。賞賛しておきながら、布団の上に伊豆大島の形をした、大きな黒い地図が描かれるたびに、父は大物であるはずの彼の頭を叩いた。

小学校二年の時、大きな手術をした。

家のすぐそばの中学校の敷地に、コンクリートで囲まれた比較的大きな貯水溝があった。何年も取り換えていない水は、汚くよどんでいた。バイ菌だらけのはずであった。しかし、そんなことはお構いなく、そこは近隣の子供たちの格好の遊び場となっていた。あめんぼうやゲンゴロウがたくさんいた。ボウフラもうようよ湧いていた。彼らは板を浮かべて筏代わりにして遊んだものだ。時には仔犬を放り込んだりした。教科書通りの犬掻きの、必死のさまが面白かったのだ。

夏休みのある日、彼の手が痛み出した。ぶつぶつがたくさんでき始めた。そのうちに膨らんできて手の甲がトマトのようになった。貯水溝の水のバイ菌が入り込んだらしい。痛いわ痒いわで、泣きながら母親に訴えた。母親はあわてて、医者に連れて行った。医者が彼の手を見た途端、周りがあわただしくなった。彼は鉄製のベッドにいきなり寝かしつけられ、パンツを脱がされた。尻に針が突き刺さった。この世のものとは思えぬ痛み手術は、左の手の甲とひじの裏の二か所を切開して、膿を取り除くという大掛かりなものとなった。手の甲から腕の中を伝って、ひじの裏までバイ菌が入り込み、膿がたまったというのだ。腕を切り落とすしかないという話まで飛び交って周囲は大変だったらしい。彼のほうは、尻に麻酔をぶち込まれた時の痛みで、自分が泣きわめいたことしか覚えていない。気が付いたとき、無事に腕はつながっていた。

「恥ずかしかったわよ」

母がささやいた。小さかったとはいえ、注射ぐらいで、男の子があんなに泣くもんじゃないということだろう……。

「でも痛かったんだよ。すっごく。」

泣き声になりかけていた。母は、

「ちがうのよ。プ——ンとおちっこのにおいがしてくちゃかったのよ、ぱんちゅぬがされたとき。もうおっきいのに。」

と、赤ちゃん言葉で言った。

◇

よく寝小便をするので、すぐパンツが足りなくなった。もちろん毎日母が洗濯をしてくれるのだが、雨が続くと、乾かす場もないから自然にたまって行く。つまり使えるパンツがなくなって行く。貧乏だったからパンツの絶対数も多くはなかった。

梅雨の雨が続く朝、下半身に寒気を感じて目が覚めた。手をシャツの下にはわせ、尻のあたりをまさぐらせてみると、つるんとした感じだ。はかないものがある。布団を跳ね上げて驚いた。パンツがない。下半身がむき出しなのだ。あたり前だが寝る前は確かにはいていた。それも寝る直前にはき替えたのだ。上半身のランニングシャツの方はきちんと身に着けている。パンツだけわざわざ脱いで寝る人間はいない。寝ている間に頭がおかしくなって脱いじゃったのか……と思い、布団に潜って探してみたが、見つからない。幸い今日は地図は描かれていない。しかし、パンツがない。

横では、隣で寝ていた兄が、ズボンをはこうとしていた。ズボンはまだ膝のあたりだ。兄のはいているパンツが見えた。それは、サルマタといって、今でいうブリーフでもスキャンテイでもない、トランクスのようなものだ。当時のパンツは、白い木綿のやつか、肌色のメリヤスのものしかなかった。少なくとも彼の家ではそんなものしか買えなかった。

どちらかと言えば、兄はメリヤスを、彼は木綿のサルマタを好んだ。とはいえ、厳密に所有権あるいは使用権が定められているわけではなかった。彼も、やむを得ないときにはメリヤスをはき、兄が、木綿をはくこともあった。

前の晩に彼がはき替えたのは、白い木綿のほうだ。彼には、兄が今はいているのは、寝込むまでは、自分の下半身を守っていたそれだという確信があった。昨日寝るとき、兄はいつものように肌色のメリヤスをはいていたのだ。そして、昨晩、彼がはきかえようとして箪笥の中を見たときに、そこにあったのは、白い木綿のサルマタ一枚だけだったのだ。彼はそれをはいた。だから、今朝は、はき替え用のサルマタは一枚もないはずだ。

彼は、叫んだ。

「ぼくがはいていたやつじゃないか！」

「知らねえよ。何言ってんだ。」

と兄。

「証拠があんのかよ。」

とまで言う。

こういう場合、普通なら自白したも同然だが、兄の語調には、有無を言わさぬ力があった。彼にはそれ以上言葉が出てこない。兄は、素早く身支度を整えて部屋を出て行ってしまった。

わらをもつかむ思いで箪笥の引き出しを開けた。中はすでにさがした跡があった。丸首シャツやランニングシャツ、靴下までが入り混じっていて、かなり乱暴にかき回した痕跡が残っている。兄の仕業であることは間違いなかった。はき替え用のパンツがないことへの、いらだちとむなしさが、その乱雑さに表れていた。当然今も、きれいなパンツはそこにはなかった。ないことは彼も昨晩から知っていたのだ。

やむなく、洗濯物が積み上げられているところへ行った。下半身がさみしく冷える。彼が住んでいる県営住宅には内風呂はなかったから、洗濯は、門の横の共同の流しでやっており、洗濯物は勝手口付近に積まれていた。

一番上に、メリヤスの、まだ他より温かみが残っているようなそれが置いてあった。こいつが、さっきまで兄がはいていたやつだったんだ……。十分はきこんだ痕跡が少なからず見られた。その痕跡はまだ、古い洗濯物としての落ち着きを得ていないように思えた。

山の中から三枚ほどサルマタを掘り出し、一枚ずつ、全体のあんばいを見た。最も状態のよさそうなものを素早く選び、あまり肌に接触しないようにそうっとはいてみた。一度使われたパンツをはくのは気持ちがいいものではない。それに、厳密にいえばそれが自分がはいていたものとは限らない。重い冷たさが下腹部を這いあがる。時間が経つにつれ、自分の体温と、その冷たさが混じりだし、前にはいていたやつの下半身と自分のそれが一つになってくるような気がした。

やはりやめようと思った。パンツなしで行くしかない。今日は体育の授業はない。ばれる心配はない。

食卓につくと兄はもう出かけていた。

「今日は身体検査なんだって」

母がぼそっと言った。

登校途中、彼は下半身にどうにも頼りなく、切ないものを感じていた。当時の半ズボンは、前の穴が、ジッパーになっていない。ボタンで止めてあるものだから、隙間ができる。そこにしまってあるものに、外気が触れる。

物凄く気弱になっている自分に気付いた。今日は遊びまわれない。喧嘩は絶対にしないぞ、と心に決めた。

◇

五年生になって林間学校というものに行くことになった。西側の県境にある温泉地である。天下の険と言われた通行の難所であると同時に、江戸時代は関所が置かれていたところだ。今は一大観光地になっている。二泊三日の旅行である。こんなに、長いこと親から離れて過ごすのは初めてであった。彼は悩んだ。ここ二年ほどやっていないとはいえ、あの可能性がないとは言えない。

小さいころは環境が変わったり緊張したりすると必ず地図を描いていた。完璧と言っていいほどの確率だったのだ。

とはいえ、彼はいつも、便所にはちゃんと行っているのだ。その時の自分は、ちゃんと起きて確かに便所に行き、やれやれと安心して、存分に、便器に向かって放尿の限りを尽くしているのである。そして、尻の周りがなま温かくなって、目が覚め、コトが布団の中で遂行されたものであることに気づく。その衝撃は計り知れない。

林間学校は、三日間、ずっと雨にたたられた。

最初の夜、寝る前に、夜中の一二時になったらみんなで便所に行く約束をした。布団にはもぐったが、その時間まで、一睡もしないつもりだった。

よく一緒に遊んでいる、駅前の米屋の子の、

「行こうぜ。」

という声が聞こえ、不覚にもうとうとしていたことに気付いた。しかし、今のところは大丈夫だ。山の中の便所は遠く、暗い。廊下の手摺を伝って辿り着くと、裸電球の下に、数人の小学生が並んでいる。

彼は、何度も頬をたたき、夢でないことを確認した。米屋の息子に向かって、

「さあやろうかな。」

とわざと大きな声で怒鳴り、それでも用心深く行為に至った。出すべきものがあまりたくさん出なかったことが少し気になった。

部屋に帰って、布団をかぶる。

しばらくすると彼は、桜の並木道を見下ろしていた。正面を縦に走っている広い道の両側に、大きな建物が並んでいる。それが、撮影所のスタジオだということはすぐ分かった。子供の彼はちょくちょく、家のすぐそばにあった、映画会社の広い撮影所に、勝手に出入りして遊んでいたからだ。

撮影所の中というのは、大きな町のようである。広い並木道も、大きな建物も、公園もある。次に彼は、自分が石造りの、丸い泉の真ん中に居ることを知った。数メートル下方に水面が見える。泉の外縁の人々が、自分を親しげに見上げている。指をさしている人もいる。小さな子どもは手を振っている。

ぼくはスタアなんだ……。

彼はうれしくなって、手を振ろうとした。しかし、できない。手が上がらない。彼の両手は、下腹部のさらに下側を抑えていて、そこで固まってしまっているのだ。両手の指で押さえている部分から、勢いよく水が放出され、大きく鮮やかな弧を描いて水面に落ちているのが彼の眼に入った。水は日差しに反射してキラキラと輝きながら、じょろじょろ，じょろじょろと、切れ目なく音を立てて落ちて行く。それがおのれの力では止めることができないものであることはすぐわかった。

瞬間、彼は自分が、石像の「小便小僧」であることを理解した。今が夢の中であることも。

「これは、夢だぞ!うわあ!」

夢の中で自分は小便小僧となって放尿し続けていたのだ。恐怖と絶望が襲った。以前、夢で行った行為が実は、現実の布団の中で行われていた時の感覚が全身を襲った。

「やった!やっちゃったぞ!」

はじけるように布団から飛び出した。林間学校なんだ!　クラスのいろいろな顔が目に浮かんだ。いつも好意を寄せていた女の子の顔も。

みんなと一緒なんだ!　もう五年生なんだ!　最悪だ!　ぼくはもうだめだ……。

すでに朝らしい。白く浮き上がった障子を隔てて、軒から滴り落ちる雨の音が、じょろじょろと、けたたましく響いていた。それは夢の中で聞こえていた放尿の音に重なっていた。まだ、だれも起きてはいないようだ。

おそるおそる彼は、掛け布団と敷き布団の間に手を差し入れた。尻があったあたりをさする。

手がなめらかに敷布の上を滑った。

「ふう」

ため息が口から洩れた。よかった。もう大丈夫だ……。そして同時に、彼は、自分の体はもう子供には戻れなくなってるんだ……、とも思った。

八　スタン・バイ・ミー

町の真ん中の、「離れ山」には、防空壕と呼ばれている穴があった。山中に長く、縦横に彫られたトンネルだという。空襲のときに、住民が素早く隠れる穴倉にしては、大きすぎるし、民家から遠すぎるともいわれていた。軍の、なにか秘密の計画がそこで進められていたという噂もあった。一度中に入ると、迷路のようになっていて、なかなか外には出られないらしい。

駅の反対側にある「観音山」からは、小高い山々と二本の川に囲まれた盆地状のこの町を、一望することができる。「離れ山」はその真ん中にこんもりと、緑濃く居座っている。この町の大事なへそのようでもある。「離れ山」の南のはずれには、大きな円柱形のガスタンクが聳えていた。

彼が小学校三年生の年の秋口に、「離れ山」の西側が堀り崩され始めた。だんだんと茶色の肌がむき出されてきて、木々に隠れていた、防空壕らしいトンネルの入り口もいくつか露呈するようになった。駅側の田んぼの埋め立てが始まったのだ。

当時、「離れ山」から、駅前商店街の街並みに至るまでは、ずっと畑が続いていた。そこに小学校の新しい校舎を建てて、生徒たちを、県営住宅の隣の中学校の敷地にある倉庫型の校舎から、移転させることになったのである。そのために「離れ山」を削った土で一帯を埋め立てるというわけだ。

掘り出し現場である「離れ山」の中腹から、直下の田んぼにかけて、トロッコ用の線路が敷かれていた。土を満載した箱型のトロッコが、埋め立て現場まで、勢いよく下って行く。

作業員のおじさんたちは勇敢だ。山盛りに土を積んだトロッコの箱の後ろに立って、スピード調整とブレーキ用に据えられた太い棒を巧みに操りながら、一気に、直滑降で落ちてゆく。バランスを巧みにとりながらスピードに身をまかせているその姿は、実にかっこよかった。おじさんたちは、きたない手ぬぐいで鉢巻きをし、たばこをくわえていた。えんじや、青や黒の、長そでの厚手のシャツを着ている。誰にも濃いひげのそり残しがあり、髪も顔全体も土で白くなっていた。

彼は、トロッコが落ちて行く爽快感が好きだった。一日中眺め続けていたこともある。一度乗せてくれないかとおじさんたちにせがんでみたが、笑いながら断られた。

埋め立て現場から、なぜか離れ山とは別の方角にも、トロッコの線路が伸びていた。この線路は南側の畑の道を伝いながら、隣町との境にある山裾の方まで続いていた。

◇

日曜日、彼は、四つ上の兄と、兄の友人という少年とともに、畑の道を伝って敷かれているトロッコの線路沿いに歩いていた。その日その時間、どこも作業はやっておらず、トロッコの影はなかった。

町の南側に広がっている草むらまで出ると、何も積んでいないトロッコが一台、レールの上に無造作に放置されていた。箱型になっていなくて、床板だけが敷かれているものだった。線路の周囲は草に覆われていたから、近くに来るまで、この平らなトロッコは見えなかったのだ。

三人で線路にしゃがむようにしてトロッコを押すと、少し動き出した。兄が乗り、友人がそれを押し出した。

二人は彼にも乗れと言う。そこはすでに相当に家から離れている。周囲も暗くなりかけている。彼は言った。

「いやだ、これ以上遠くに行きたくないよ。」

相手にせず兄たち二人は、トロッコとともに、線路を進み始めた。彼も一〇〇メートルほど後からついて行った。送電線の電柱のところまで来た。鉄製のもので、教科書の写真で見たエッフェル塔に似ている。

電柱の根もとのところで立ち止まり、彼はトロッコを見送った。兄たちが止まってくれることを期待したが、かなわなかった。彼を置き去りにしたトロッコは二〇〇メートルほど進んで、山の方にゆったりと曲がって行く。兄の友人もトロッコに乗りこんだのが見えた。そこからは、ゆるい下り坂になっているらしい。トロッコは、だれにも押されなくても、ゆっくり進んで行く。二人とも、トロッコの上にしゃがみこんでいる。兄の学生帽がどんどん小さくなっていく。大海原を滑ってゆく筏の上に、とまっているカラスのように見えた。手を振ったが、兄たちは、こたえてくれない。

トロッコはそのうちに山の陰に入ってしまい、見えなくなった。

◇

彼は、畑の中で一人になった。送電線の下を流れる小さな川の、土手にのびている草が、風になびいている。緑が黒ずんできた。もうすぐ暗くなる。

背中に当たる風は、彼から、いろいろなものをはぎとって行くようであった。どんどん一人になってゆく感じだ。家に戻るのか、ここで待っているのかも決められない。大体一人で家に帰れる自信もない。彼は、寒々と光る線路の彼方の、トロッコが消えた付近を見つめ続けた。

山の影と畑の色の違いも定かではなくなってきた。畑の向こうに寄り添っている何軒かの家に明かりが灯りはじめ、そのせいか付近はますます暗くなってきたように思える。

ついに、あたりは闇に包まれた。トロッコのレールも、彼の近くだけがほんのり浮かんで見えるだけになってしまった。彼は、鉄柱にしがみついて、兄たちが、自分が送電線の鉄塔の下で待っていることを覚えていてくれればいいがと思った。暗くなってもこれだけは見えるはずだ。トロッコに乗っていた兄たちが、こちらを振り返ったようすはなかったから、確信はなかったが、今の彼の気持ちのよりどころはそれしかない。不安が不安を呼ぶ。

兄ちゃんたちが行ってしまったこの線路はどこに続いているんだろう……。何のための線路なんだろう……。何を運んでいるんだろう。どうもこの線路はヘンだ。本当はどこまでも続いていていて、ぼくたちの知らないところまで続いていて、途中で降りられなくなっていて、兄ちゃんたちは帰ってこれなくなってるんじゃないか……？

もしかして、このトロッコは、町や村々をめぐりめぐって、また、「離れ山」の防空壕に入って行ってるんじゃないか。兄ちゃんたちみたいな、言うことを聞かない悪いやつを、あちこちで拾いながら、あの穴に入って行って、あの穴は、どこまでも続いていて、だれも帰って来られない……。

彼は、あわてて首を振った。自分のおそろしい想像を振り払おうとした。それがむちゃくちゃなことはわかっていた。でも絶対にそうではないとどうして言い切れるだろう……。

◇

闇の中から線路の砂利を踏む音が聞こえてきた。

「帰らなかったのかよ?」

兄の声だった。ホッとはしたが、ちょっとさっきまでの兄の様子とは違っているような気がした。兄は、一人だった。低い声で言う。

「終点まで行けなかったよ、どこまで行くのかわからないし……。」

その響きに彼は、暗くよそよそしいものを感じ取った。語り口に抑揚がなく、なんとなく生気が感じられないのだ。

「トロッコはどうしたの？」

彼は上ずった声で叫ぶ。

「途中で置いてきた。」

そっけなく兄は答えた。友人もそこで降りて、家へ帰った……、と言う。

違う……、と彼は思った。あの人の家がそっちの方だとは聞いていない。

本当はあの人は、まだトロッコに乗ったままなんだ。兄だけが飛び降りて帰って来たんだ……。でも彼は黙っていた。

兄は怖くなったか、それともぼくを心配してくれたのか。ともかく、動いているトロッコに友だちを置き去りにして戻ってきたのだ。あの人は今頃、一人でどこを走っているんだろう。そろそろ、「離れ山」に入っている頃かもしれない。暗い穴のなかでどんな目にあっているんだろう……。

兄弟は一緒に家の方へ歩き出した。二人とも黙りこくっていた。道々、彼は兄の顔を盗み見た。兄は眼をまっすぐ前へ向けて、知らない人のように歩いている。遠くの工場の塀に取り付けられた電灯の光が長くのびて、兄の顔の輪郭を照らし出している。あまりにも無表情だ。

九　罪の子

「じっくぎ」という遊びがある。遊びというより勝負であり、勝負というより博打であった。

まず、一人が釘のとがった先を地面に向けて投げおろして突き刺す。突き立った釘の根もとに向けて、もう一人が自分の釘を投げて突き刺す。相手の釘の根もとに命中して、それが倒れ、その時自分の釘が立っていれば、こっちの勝ちだ。相手の釘がもともと倒れていたときは、これに当てて動かすだけでいい。もちろん、自分の釘が地面に立っていなければならないのは同じだ。相手の釘は自分のものになる。だから、この釘は太く大きいものがいい。釘は、そこいらの工事現場の、捨て置かれた木片に、刺されたままのものを抜き取って使っていた。時には、家の道具箱から盗んだものもあるが、そういうのに、長いものはあまりない。太くて長くて、ぴかぴかしている釘は、子供たちにとって、好もしく、頼りがいのあるものだった。

小学三年の彼は、ある日、学校からの帰りに、いつものように学校と県営住宅との間を隔てている金網をくぐった。そこに釘が落ちていた。十数センチはあろうかという太い釘で、錆びても傷んでもいなく、貫禄のある鈍い光を放っている。天下無敵を思わせるものである。

近所の男の子たちが、何人かで遊びに来たときに、玄関口で彼はそれを見せびらかした。

その時、

「へええ、」

と見入っていた上半身裸の男の子が、いきなりその釘を掴んで玄関をとび出していった。一瞬何が起きたのか彼にはわからなかった。ふざけているのかと思った。それから、こいつは本気で大事な釘をかっぱらったんだと気がついた。

「何するんだよう、」

彼は裸の背中を追いかけた。

「えへへ、えへへ、」

笑い声を立てながら、そいつは走ってゆく。いつもかけっこではかなわない相手である。おまけに、今日は思いもかけないことをされたので、スタートで後れをとっている。彼を引き離したまま、そいつは一列東側の道にある自分の家に飛び込んでしまった。

家の窓に、そいつのお姉さんの姿があった。一四、五歳くらいのそのお姉さんはシュミーズと言われていた下着姿で、不思議そうにこっちを見ている。むきだしの肩が、ガラス越しに白く光った。

彼の周辺では老若男女問わず、日ごろの服装にほとんど気をつかわない時代であった。夏ともなれば、家では、大人の男は素っ裸のふんどし姿で寝転がっていたし、子供はサルマタと言われていた木綿のパンツ一丁で、家の内外を走り回っていた。おばあさんたちは上半身をはだけたまま、団扇で足もとを仰いでおり、庭先くらいなら、下着姿で洗濯物を干している母親や、お姉さんたちも結構いたのだ。

相手の家族に言い付けるのも情けない気がして、彼は手を振って、

「いや。なんでもないんだよ。」

と告げた。お姉さんには関係ないんだ……。ガラス窓の向こうの彼女に、聞こえたかどうかはわからなかったが、構わず踵を返して家に帰った。

◇

数日後のことだ。あの釘泥棒が、自分の家の前で、堂々たる釘をほかの子供たちに見せびらかしていたのだ。彼は、そいつを取り囲んでいる子供たちの外側から背伸びして見ていたが、どう見ても、自分からかっぱらったあの釘である。

幸い、そいつの方は輪の外側に前の持ち主がいることにまだ気づいていない。

彼は周りの子供たちの間から、そっと、手を伸ばし、それをひったくった。それは、以前、釘を取られた子供としての当然の権利であり、義務だった。一気に走った。相手の方は輪の中に居たから、子供たちをかき分けなければならない。断然有利だ。今度は負けるわけにはいかない。

「何するんだよう。」「やめろよう。」

と、そいつは追いかけて来る。まるで、本当に自分のものを奪われたみたいにだ。なんな

んだこれは……。家のそばまで来たがまだ追いかけて来る。玄関まで来たが、すぐ後ろに居る。ここまできたらあきらめるべきなのだ。自分が前にそうしたように……。しかし、そいつは、彼に続いて玄関の中にまで飛び込んできたのだ。追いつかれてついに取っ組み合いになった。

母が出てきた。

「どうしたの？」

「こいつが、おれっちの釘を取ったんだ。」

とそいつが叫ぶ。

「ほんとうなの？」

と母が聞く。

「これはもともとぼくの釘だ。」

と彼は叫ぶ。

「ちがわい、ちがわい。」

とそいつ。

「ちがう釘だよ。」

「どっちがほんとなの。」

と母。なんて冷たい親なんだ……。彼はやっとこさ言った。

「でも、前に、こいつがぼくの釘を取ったんだ。」

「そんなこと知らないよ。関係ないよ。」

とそいつが返す。母はちょっとあいまいな、どうしたらいいかわからない顔になった。取っ組み合ったまま、取った、取らないの押し問答が続いたが、途中からそいつが、へんなことを言い始めた。

「これは、おまえがおれっちにくれたんだ。だからおれんだよ。」

びっくりして彼は手を緩めた。母が、両方を引き離した。

「だってそうじゃないか。」

居ずまいを正してそいつは、きっぱりと言うのだ。なんなんだそれは……。

「姉ちゃんがそう言っていた。」

これには仰天した。

「そんなこと、どうして。」

どこで、そんなことになったんだ……。

あの時、窓の中から、不思議そうにこっちを見ているそいつのお姉さんに、自分が手を振ったときの情景が浮かんだ。確か、そのとき、いいんだ、何でもないよ……、というようなことを言った。しかし、それがどうして……？　どうも事態がよくつかめない。母も妙な顔をして彼を見ている。頭が混乱した。

刹那、そいつの手が伸びて、彼の手から釘を奪い取った。再び走り出した。反射的に追い始めはしたが、最後まで追う気力はもうなかった。走りっこでは勝てないことはわかっていた。

自分の家の門から出たところで、

「ばかやろう。」

と彼は言って、小さな小石を拾い、相手に当たらないように投げてみた。小石は、力なく、そいつとは別の方向に飛んで、落ちた、はずだった。

赤ん坊の泣き声がした。彼は、それには気をとめず、家に帰った。

◇

しばらくして、隣のおばさんが家に来た。のっしのっしとものすごい剣幕である。これ以上は想像しようもない、憎しみのこもった目で彼を睨みつけ、母を呼んだ。もともと、このおばさんは色白で、おもだかで、きれいな人である。しかし、この日の形相はただ事ではなかった。彼は震えあがったが、おばさんの話は、その顔より恐ろしいものだったのだ。

「娘がおぶっていたウチの赤ん坊に、お宅の子どもが石をぶつけたんだ……」

と言うのである。赤ん坊の泣き声がするので外に出てみたら、走ってきた近所の男の子が、お宅の子供が石をぶつけた、と教えてくれた……。赤ん坊に石をぶつけるなんて。あまりにひどいじゃないか……。はっきりとした怪我はないようだけど、死んじゃったらどうするのよ……。怒りのあまりおばさんの目に涙がたまり、そのだみ声はかすれ声になった。

母は彼に、石を投げたかどうか聞いた。

「ちっちゃいやつだよ、だれにも当たんなかったよ。」

と震え声で答える。

「ほらやっぱりこの子が投げたんだ、ぶつけたんだ。」

おばさんは叫ぶ。

「どうしてそんなことするのよ?」

こわばった声で母に詰め寄られ、説明のしようがなく、彼は、だって、だって……、を繰り返す。

何を言ったって説明にならない。赤ん坊の頭に、石が当たるなどということを、想像しただけで恐ろしい。それも自分がそんな恐ろしいことをしたと思われているのだ。この自分が、そんなに悪い子にされている。恐怖に彼は縮みあがった。

◇

数か月前、動物愛護週間だった時のことだ。学校で担任の教師が言った。

「動物をいじめたり、傷つけたりしてはいけません。そういう人がいたら、先生に言ってきなさい。」

彼は、もし、そんな子供がいたらどんなに悪いやつだろうと思った。少なくともこの学校にそんなやつはいない……。

数日後、母が学校に呼び出された。帰ってきた母は妙な顔つきをしていた。

「あなたとお兄ちゃんがね、仔犬を石で打ち殺した、というのよ。」

と言う。

「そう言いつけてきた子がいると言うのよ、どういうことなのかしらねえ。」

犬を石で撃ち殺すという話も恐ろしかったが、彼は、自分のことをそんなふうに言う人間がいるということにぞっとした。

「ぼくがそんなことをするわけがないじゃないか。」

と半分泣き声で言った。

大体、自分は、犬が恐くて仕方がない……。だから近づかないし、近づけない……。

その頃、彼の住む県営住宅やその隣の学校付近を徘徊しているのはもっぱら野良犬だった。

野良犬に噛みつかれた人間は、犬と同じようになってしまうとも言われていた。

犬に吠えつかれたら、しゃがんで石を拾え。そうすると犬は逃げる。犬という犬は全部、必ず前に石を投げつけられているから、それを身体で覚えているから……、と、友だちに言われていた。彼はもっぱらその手で、犬の襲撃を辛くも撃退してきた。確かにその効果はあった。ただ、しゃがんでは見せても、本気で犬に向かって投げつけるほどの度胸はなかった。当たって、怒らせて、襲われたらどうしよう……。だからいつも、石を拾うまねを犬に見せつけることしか出来なかった。たまに本当に投げたとしても、そうっと違う方向に投げていたんだ……。

そんなぼくが、犬を殺せるわけがないんだ……。

彼の弁明を母は遮った。

「そんなことわかってるのよ、いいのよそれは。」

「その子も、人から聞いた話なんですって。」

この話はそのまま立ち消えになった。

あの時のざらっとした感触が、よみがえった。ぼくは、ほんとは何か悪いことをやっていて、どういうわけかそれをぼくだけが知らないだけなのかもしれない……。

不気味な考えがまとわりついて、必死にそれを振り払った。しかし、ぼくは、何か悪いことをやっているやつだと、自分が知らないうちに他人に思われる人間であることは確かなようなのだ……。今度は、犬ではなくて、人間の、それも生まれたばかりの赤ん坊に、石をぶつけたのだ……。少なくともそう思われているのだ……。

母が、おばさんに頭を下げているのが見えた。

おばさんが帰った後、母は、出かけた。お菓子のようなものを買いに行ったらしい。お詫びに、お隣に届けるためのものだ。彼は、重苦しさに耐えきれなくなって、もう考えるのはやめにしようと思った。横になると全身から力が抜けていくのが彼にはわかった。そのまま意識が途絶えるのを待った。

◇

脳の裏側から、隣のおばさんが、こちらに向かって走ってくる。左腕に、箱のようなものを抱えている。急いでいるらしい。大柄で、比較的ふくよかだったおばさんは、色白で、きれいなほうだった。母より少しだけ若いと聞いていた。道端の草が萌えあがる細い砂利道を、初夏の日差しを浴びて、陽炎のように揺れながら走っている。

身につけているのは真っ白い、薄手の、軽やかなものだ。ほとんどシュミーズに近い。まだ小学生である。おばさんの、そんな肌もあらわな格好に興味があったわけではない。おばさんの走る姿は、映画で見た「白い馬」を連想させた。以前、倉庫を改造した体育館で見た映画である。彼はおばさんの白くて颯爽とした走り姿になんとなく感動していたのだ。

少し、走り方がおかしいのが、遠目にも気になった。右肩が大きく不自然に揺れている。その原因を理解したのは、おばさんと彼の距離が二十メートルほどに近づいた時だ。

おばさんの片方の肩付近に、真っ白な丸いものが大きく飛び出している。おばさんの足が片方ずつ地面を蹴るたびに、それがゆさゆさと揺れるのだ。乳であった。おかしな走り方に見えたのはそのせいだ。おばさんは全くそれに気づかない。ともかく急いでいるようだ。揺れる乳とともにどたどたと、下駄の音を響かせながら、彼の方に近づいてくる。

彼は、あの……、と叫んで、それを指さした。おばさんは、なに？　なんなのよ……？と怒鳴りながらうるさそうに彼を見る。近づいてくる間彼はずっと、あの……、と言いながら、おばさんの、その揺れるものを指し続けた。

数メートル前まで来て事態に気がついたおばさんは、あらま……、と言ってそれをひょいと胸の中にしまい込み、走りを緩めながら彼に向って、ずっと見てたの……？　いやな子ね、と言った。それから彼のすぐそばまで来た。

「見てたなんて誰にも言っちゃいけないよ、おこられるよ、おばさんも言わないでおいてあげるから」

おばさんの真顔がぐっと近づき、白い胸がむんっと、彼の顔を覆った。

◇

息苦しさに目覚めると夜になっていた。母が横に座っている。とっくにお隣から帰って来ていたのだ。彼は瞬時に、自分の今の立場を理解した。

沈黙があった。彼は、何を言われるか、びくつきながら沙汰を待っていた。

ぼそっと母が言う。

「怪我はなかったし、当たってないと思うんだけどねえ。」

それ以上は何も言わない。彼はほっとした。それから、母がお隣りの家に持って行ったお菓子はどんなものだったんだろう……、と思った。

十　天の糸

小学校に入る前から、凧上げは彼の得意技だった。正月の男の子たちの遊びの中では、独楽回しと並んで、凧上げが人気を博していた。

彼は独楽回しも下手ではなかった。前からでも背中からでも、豪快に投げ出された彼の独楽はいつも、着地した地点でしっかりと態勢を取り、勢いよく回っていた。

ある日、なけなしの小遣いで買ったばかりの、比較的大きくて、模様の美しい独楽を回していた。そこに、彼より三つ上の、周辺の子供たちの間ではボス的存在である男の子の独楽が、強力に打ち込まれた。色鮮やかな彼の独楽は大きくはじけて跳ね上がり、一メートルほど離れた地面に力なく横たわった。持ち上げてみると、上から下までまっすぐひびが入っていた。

ボスの独楽は彼の独楽を打ち砕いた後も、バランスをとって回り続けていた。それは、表面の縁が鉄製の輪で覆われているものだった。卑怯な気もするが、ちゃんと店で売っているものである限り、文句はつけられない。悔しいが負けは負け、完敗である。こんなものに勝負されてはひとたまりもない。その後彼は凧上げに集中するようになった。

◇

最初はやっこ凧だった。一番安いものは十円で買えた。凧を上げるときには絶対に走ってはいけない。ひと所に留まって、凧を風に乗せるだけでいい。たいていの日はかすかではあれ、空気が移動するほどの風はある。その風をとらえて凧を上空に舞わせ、風の強さに応じて糸を徐々に放ってゆくのだ。

上がらないからといって、走ったりしたらおしまいである。凧には走り癖がついてしまう。一度走り癖がついた凧は、その後、人間が止まったままで、凧が風を受けて自然に上がってゆくことは絶対にない。走らなければ上がらず、走り続けない限り落下してしまう。この話は子供たちの間で、信じられていたし、実際に走り癖のついた凧は、止まったままでは上がらなくなったのである。なぜだかはだれもわからない。こういう凧を子供たちは「駆け凧」と言ってさげすんだ。それを持っているやつも思い切りさげすんだ。

凧上げの醍醐味は、凧が生きているように感じられることだ。糸を通して凧と話しているような感覚を得られるのである。ピンと張った糸をくいくいと引くと、少し間をおいて天空の凧がちょこちょことお辞儀をし、その後、こちらの気持ちを察知したようにぐいと上昇してゆく。高く上がれば上がるほど、当たり前だが凧の姿は小さくなっていく。最初は絵模様が分からなくなる程度だが、それがだんだんと黒ずみ、形も定かではなくなってゆく。それから、徐々に点へと固まりだす。夕方には、山陰に沈む直前の太陽の炎に包まれて、凧が黒点のように見え隠れするようになる。糸を引けば、しばらくしてはるかかなたでその黒点がピコピコとうなずく。しまいには黒点は視界から消えて、糸だけが天空と大地をつなげている状態になる。そんな時は、凧を引いているというより、天というとてつもなく大きなものと、地上の一部である自分が引き合っているような、壮大な感覚に襲われたものである。

時には凧を放し飼いのようにすることも出来る。凧が上がったまま糸を、校庭の鉄棒に縛り付けておき、自分は両手を遊ばせて、横に座っているのだ。その間、家に帰って、一、二時間過ごすことも出来る。もちろん、その間も、天候の変化や風の具合について、注意を怠ることはない。凧が、自分の手を離れて、勝手に浮かんでいる姿を見るのは、心地よい。誇らしい。

彼が通っている小学校は、中学校と共用になっていた。というよりもともとは中学校のもので、そこに小学校が仮に身を寄せていたのだ。校舎の北側に広大な運動場があり、校舎を挟んで反対側には、昔の軍用倉庫を何棟かつぶした後にバレーボール場やバスケットボール場が作られている。その周りには、クローバーの草原が無造作に広がっていた、彼の凧は、その敷地を超え、田んぼや、川を越えて上がっていく。

冬休みになれば、毎日のように凧上げに行く。それも一日中である。

冬の日は落ちるのが早い。夕暮れ時、子どもたちは自分の上げている凧の糸を巻き取るのだが、間に合わなくなることも多かった。

ある日、日没後の明るみがうっすらと残る中で糸を巻き始めたが、あっという間に周囲は真っ暗になった。校庭の外側の道路にある街灯の裸電球が、最後に残された彼ともう一人の少年を赤く照らし出してはいるが、上空には何も見えない。空へ向かっている糸の筋が途中から闇の中へ消えている。どこまできているかわからない凧の手ごたえを頼りに、糸を巻き続ける。ようやく一つの凧が電柱の明りの中に入ってきた。その日の彼の凧は緑色の蝉凧だった。見えてきた凧も、同じ蝉凧だったが、彼のものとは色違いの、微妙に青みがかった色をしていた。

隣の少年が、

「おれんだよ、おれんだよ、」

と嬉しそうに叫び、凧をまき取ってそそくさと帰って行く。

彼は一人残されて糸を巻く。依然としてかなりな分が巻き残されているが、まだ月は上がってこない。真っ暗な空のどこかに、彼の凧は、今も地上への帰還を目指して孤独な泳行を続けているのだ。

◇

小さいころ、彼が使っていた糸は、凧上げ専用のいわゆる凧糸ではなかった。丈夫な凧糸は高価で買えなかったのである。だから、普通の木綿糸や、人絹の糸などを使った。生垣を作った際に使い残した細めの縄や、母が古いセーターをほぐしておいた編み直し用の毛糸まで、つなげてみたこともある。だから、彼が凧をあげると、その糸は色とりどりとなり、太さもまちまちであった。少し上がると、受ける風に負けて毛糸の部分が切れ、凧が飛んで行ってしまうこともあった。

それからはさすがに、毛糸や縄はつかわなくなった。母の裁縫用の木綿や人絹の色とりどりの糸をそっと持ち出しては、つなげて行った。

こんな状態だから、丈夫な凧糸を使っているやつらとの糸切り争いには、かなわない。大きな凧の、太くて丈夫な凧糸にこすられると、彼の弱い糸は切られ、凧は、くるくると回りながら、情けない姿で飛んで行ってしまう。だから彼は、なるべく人の少ない場所を選んだ。混んでいない場所なら、木綿糸や人絹の糸で十分だった。これらは凧糸よりずっと細いから、板切れを削った糸まき一つで、圧倒的な長さをまきこめるという利点もあった。風が強いときや、大きな凧を上げるときにはふさわしくないが、都合のいいことにそんな大きくて高価な凧は手に入らない。

電線に引っ掛かって人絹の糸が切れ、やっこ凧が飛んで行ったことがある。糸の切れた凧は実によく飛ぶ。風に乗ってどこまでも飛んで行く。校庭を超え校舎を超え、クローバーの草原を超えて、田んぼに墜落した彼のやっこ凧は、びしょぬれになっていた。やっこの下半身は完全にやぶれ、竹の骨も落ちた衝撃で緩んで、一部は折れてしまっていた。

　家へ帰ってやむなく壊れた下半身を切断した。やっこは上半身だけとなり、頭と、羽織の袖だけが大きく広がっているだけのものになってしまった。それだけ身軽になったとも思えた。糸目の形を変えて長めの脚を何本か、新聞紙で作ってくっつけてみた。絵本で見た火星人のようになった。

　校庭にもどって、上げてみたが、少しも上がらない。やっこはその威張り腐ったヒゲづらを、面目なさそうにペコペコさせるばかりである。その後糸目を工夫して、そうっと押し上げてみると、とりあえず彼の背丈より二メートルほどの高さまで上がった。何とかうまくいきそうだ……。やっこは羽織をパタパタさせてとどまっている。くいくいと糸をひいてみると、ぐにゃぐにゃと情けなく曲がって、U字型になったが、それでもそろそろと上がり始めた。五メートル、十メートルと、糸を放つごとにどんどんと離れて行く。ついには校舎の屋根をも超えて行った。手ごたえは頼りないものだが、このやっこの現状では弱い糸でも耐えられるだけの空気抵抗しか受け止められないことが幸いした。その微妙なバランスで懸命に、上空にとどまっていた。

　校舎の屋根に糸が引っ掛かった。木造の倉庫を改良した校舎だから、屋根の形状は三角であった。そのてっぺんの尾根の部分に触れてしまったのだ。腕を高く上げて糸を引くと、いったんピンと張り詰めた人絹の糸の、手ごたえが急になくなった。同時に凧が校舎の向こう側に見えなくなった。

校舎を回りこんで見上げると、胴のないやっこがパタパタと羽織の袖の音を立てながら上空を舞っている。切れた糸が屋根のどこかに巻き付いたらしい。そこを起点にしてうまいこと風を受け、糸をぴんと張って勝手に上がっているのだ。

主と離れてもこいつは一人でけっこう楽しそうに空中で遊んでいる。哀れで、けなげで、いとおしくて、彼は泣きそうになった。風がやんで、やっこ凧が自然に地面に沈んで来るまで、そのままそこで待つことにした。

◇

冬休みのある日、空は曇っていた。

同級生の女の子が運動場に遊びに来た。彼の好きな子だった。彼女も、県営住宅の住人だったが、彼が住んでいたところとは正反対の、街区の東端に住んでいる。

このころの女の子がだれもがそうであったようにオカッパ頭である。服装がいつもこぎれいでおしゃれな子であった。よくビロードのワンピースを着こなしていた。黒や緑や黄色で、首回りや手首にフリルがついていた。

彼の方と言えば、坊主頭で、いつも同じよれよれの学童服と半ズボンで、その両袖を、こすりあげた鼻水でてかてか光らせているような子供であった。だから彼女の、清潔で大人っぽい感じにあこがれた。

小学校では生徒に教室や廊下の雑巾がけをさせていた。彼はその時にはいつもその子の横をくっついて四つん這いになって、走った。肩が触れ合うのがうれしかった。だから、あいつはあの子が好きだ……、という噂はクラスで十分出回っていたのだが、彼はおさえがきかなかった。毎日彼女の顔を見るのが楽しくて学校に行っていたようなものだ。

彼女は背が高く、席はいつも一番後ろであった。彼のほうは、朝礼でもいつも前から二番目に並ばせられていたほどのチビである。彼の前の男の子は、学校一番の並外れて小さい子だった。当然教室での彼の席は、いつも最前列だった。しかし、彼はいつも後ろを向いて、遠くの彼女の顔を見ていた。彼の後頭部に教師のチョークがよく飛んできた。

彼女は至っておおらかで、彼が付きまとっても、教室中に妙な噂が広がっても、全く態度が変わらなかった。特にうれしそうなわけではないが、迷惑そうでもない。淡々としていた。彼がぼうっと見つめていても、これを意識する風には見えず、時に目が合うと、優しく笑い返してくれた。

小学二年の時、彼にはライバルがいた。県営住宅の、二列東側の同級生の男の子だ。その子は、彼とも仲良しだった。坊ちゃん刈りで、深い二重の優しい目をしていた。

一度、その子が彼の家に遊びに来た。窓から顔を出すと庭のブドウ棚の下にその男の子がすっきりと立っていた。喜んで庭に飛び出すと、その後ろに、あの女の子のこぼれるような笑みがあった。二人が遊びに来てくれたことはうれしかったが、仲良く連れ立って来られると、がっかりするものもあった。

その男の子がしばらくして、山向こうの、有名な古都の町に引っ越し、転校した。寂しさとうれしさが半々であった。その後、この友だちと会ったことは一度もない。

◇

凧の糸を引いている彼の視覚に彼女の姿が入った。どきんとしたが、気がつかないふりをして、雲を見上げていた。彼女はゆっくりと近づいてきた。彼は全身に重たいものを差しこまれたような感覚に襲われた。早く通り過ぎてくれ……、と思った。自分がどうにかなってしまうような気がした。

彼女は彼の横で止まった。そして、

「ねえ、どうしてクリスマスカード、私なんかに送ってくれたの？」

と言う。冬休みに入る前に、彼女に対してはじめて、ささやかだが彼としては大胆な行為に出ていたのだ。

答えなんかわかっているはずだ……。彼の全身が硬直した。一つの言葉が体の隅々まで駆け廻り、出口を探していた。

ところが直後、

「今日はすごいのね。あんなに遠くまで上がってる。」

と彼女は言ったのだ。実にさりげなく、どうということなく、だ。ぼくの答えを待っていたわけではなかったのか……。

「いつもだよ」

彼はぶっきらぼうに返した。そして、こんなの、大したことじゃないよ……、というようなことを付け加えようとしたが、うまいことセリフが出てこなかった。

「いいい？」

彼女は語尾を上げて聞き、返事を聞かずに彼の手元の糸を、細くて白い指で掴んだ。その力が糸でつながっている彼の指に伝わった。彼には彼女が、糸を通して自分に何か合図しているんじゃないかと思えた。何かを感じ取ろうと恐る恐る彼女に目をやると、相手は糸をじっとみつめている。そして言った。

「驚いた。凧の糸ってこんなにきれいなのね。」

正規の凧糸は白いに決まっている。こんな鮮やかな色のついた、人絹の糸なんか使っているのは自分だけだ。

「そりゃそうさ、きれいな方がいいから。」

気の利いたことを言ったつもりだった。こっちを見てくれないかと思ったが、彼女は糸を手のひらに這わせながら、黙って糸の先にある遠くの雲を見つめていた。

◇

小学校の高学年になると、扇子凧というものが現れた。これは、画期的なものであった。それまでの凧は、みな、紙のしっぽあるいは脚をつけて、上下のバランスを保つようになっていた。四角形の角凧や、やっこ凧は二本、蝉凧には一本のしっぽをぶら下げる。しっぽが長ければ長いほど、凧は安定し、よく上がった。

ところが、この扇子凧は、しっぽがいらない。扇子の骨がまとめられている部分、つまり要には、重みが集中しており、それが全体を安定させる作用をしているのだ。

もうひとつ、この凧には糸目が一本しかない。縦に渡された一本の糸目が、上下にとめられているだけだ。ほかの凧の糸目は最低でも三本必要だ。両方の肩と胸の部分である。そこで描く三角形の形が、凧を高く上げる生命線なのだ。風をうまい角度で受けて、高く上がり、安定した角度で空にとどまる。糸目の上側の糸が短いと、凧はお辞儀をしてしまうし、反対だと、上がらないいか、くるくる回って落下する。角形の凧の場合四本必要なものもあった。

扇子凧には、開いた扇子の両脇にふくらみがあり、そこに一定時間、適量の風を溜めながら、バランス良く抜けさせていくようになっていた。そうやって空気抵抗を集めつつ、糸の張りを利用して、一気の上昇と安定した空中遊泳を可能にしている。じつにすぐれものであった。

この扇子凧が、上空高くゆったりと点在している姿は魅力的であった。飛行船のようでも、宇宙船のようでもあった。昼下がり、風がなくなり、凪の状態がおとずれることがある。そういう時、扇子凧は、彼が何もせずとも頭上へ頭上へとまっすぐに上がってゆく。彼の真上にまで来たところでゆったりと止まり、静かに彼を垂直に見下ろしている。糸に何の力も伝わってこない。彼は寝ころんでその凧と相対する。まさに凧は、自分の意思で、そこにとどまり、やさしく彼を見つめている。彼は扇子凧に熱中した。

その後しばらくすると、トンボ凧や、カラス凧、トンビ凧という大きな凧が登場する。これらの凧は、骨が竹ひごではなく、針金でできていた。したがって、この凧はある意味戦闘用だった。高く上がることだけを目標にしたものではなかった。

最上級生になった彼は、頑丈な凧糸を使って、混雑した凧上げ現場に行き、風の力と凧の重さに引きずられそうになりながら、これを上げた。彼のトンボ凧は真っ黒だった。目は金色に光り、剥きだした歯は太かった。

まぎれもなく巨大なおにやんまであった。大きさは本物のおにやんまの十倍はあり、上がるときに、ビーーーンと轟音を響かせ、周りを威嚇して、他の凧を遠ざけた。他人の凧の糸がよく彼の凧糸に絡みあった。しかし、彼の凧の引力は強く、他人の凧を引きずりながらぐいぐいと上がって行った。

小学校を卒業すると、彼はぷっつりと凧上げから足を洗った。中学校に入っても凧上げをする友人は何人かはいた。彼がどうしてやめたのか、それは自分でも分からなかった。ただ、やめると決めた時に、彼は、少しだが自分をカッコいいと思った。

十一　ふりさけみれば

家に百人一首が来たのは、小学校三年の暮れである。年も押し詰まった寒い日の夕方であった。一年で一番日の短いころだ。彼が凧上げから帰ってきた時、部屋の中はすでに暗かった。県営住宅の、電気のついていない六畳間に父が寝ていた。こんな時間に父が家に居るのだから、土曜日か、日曜日か、もしかしてすでに年末年始休暇に入っていたのかもしれない。

公務員だった父は、休みの日はほとんど寝ていた。父が縦になっているのは、ご飯どきか便所に行く時だけであった。

電気をつけると怒られそうなので、彼も父の横で寝ることにした。ほどなく玄関がからからと音を立て、母の影が黒く障子を覆った。大きな買い物袋を抱えてご機嫌な様子である。

「あ、いたのね? よかった。」

母は買い物袋を畳の上に置いて、電気をつけた。

袋から、雑誌がはみ出ている。大好きな少年雑誌だ。「少年クラブ」や「少年ブック」とか、いろいろな少年雑誌が発売されていたが、彼が好きだったのは「おもしろブック」である。付録がたくさんついているからだ。彼の家の経済状態では、毎月買ってもらえるわけもなかったが、正月号だけは毎年買ってくれた。これには、いつもの何倍もの豪華な付録が付いている。彼は「おもしろブック」をいちはやく抱え込み、欲張った目で、さらに袋の中を探った。鮮やかな彩りの箱が目に付いた。何色もの着物をまとった、髪の長い女性の絵が描かれている。「小倉百人一首」と書いてあった。

父は彼にボール紙を買いに行かせた。買ってきたボール紙に、鉛筆で線を引いた。その線をなぞって百人一首の札一枚の大きさに、はさみで裁断した。それを一枚ずつ、札の裏に貼れ……と言う。子供たち五人全員でこの作業をやった。札の裏は黒くて光沢があった。なんでこんなきれいなところに、茶色でざらざらとしていて、厚手の安っぽいボール紙なんか貼るんだろう……。彼は悲しかった。

百人一首をみんなでやり始めて、納得した。絵札を読み上げる母の、間延びした声が響いている間に、下の句が書かれている字札めがけて、子供たちが全身で突進する。敵を押しのけ、畳をひっぱたき、札をもぎ取るのだ。誰もが必死になった。他人が取りかけたのを奪い取ろうとして、引っ張り合い、取っ組み合いになることもしょっちゅうだった。

百人一首は、当時の彼の家にとっては高価なものであった。母があの日ご機嫌だったのは、はじめてこれを買ってこれたためかもしれない。しかし、高価なものであればあるほど、我が家で遊ぶには危険すぎる。すぐに折り曲げられてしまうし、ちぎられてしまう危険さえある。そこが父の先見の明であった。ボール紙に裏打ちされた札は、十分子供たちの乱闘に耐えられるものであった。

とはいえ、友だちと遊ぶ時は、少し恥ずかしかった。この家の百人一首はともかくかさばるのだ。銭湯の下駄箱の木札のようだと友だちにからかわれた。十センチくらいの板を、縦に差しこんでふたを開けるあの番号札だ。それになにしろ、美しくない。これでは高級感も全くなく、宮廷のゲームにあるべき、雅びさが微塵も感じられない。しかし、この百人一首は、その後何十年も彼の家にあり、汚れはしたが破損せず、一枚も欠けていない。だから父は偉い。

◇

彼は、早く勝てるようになりたくて、字札に書かれてある、下の句を先に覚えた。これはそれほど難しいことではなかった。上の句もある程度は覚えられた。暗記力はいいほうだった。しかし、意味が全く分からないから、上の句と下の句が頭の中でつながらない。関連がわからない。下の句の上に、全く関係のない歌の上の句をのせても、それなりに読めてしまうのだ。それはそれでありえそうな気がしてしまう。

そのせいかどうか、彼には、自分で勢いよく声を出して、一気に読み下さなければ全体がつながらないという、妙なくせがついた。そして、声を出して唸っているうちにほかの子供たちに持って行かれた。

また、白地に黒い文字だけがちらちらと散らばっている、下の句の札は、生理的になじめなかった。反射神経ももともと鋭くはない。見つけることについては取り立てて遅いわけではなかったが、瞬間に体が反応してくれない。むしろ体がこわばってしまう。誰よりも先に見つけたはずの札も、取らなきゃ……、と思うと緊張して、手が動かなくなってしまうのだ。これだ、これだ……、と見つめているうちに、彼の眼先を感じ取った姉たちにスコーンと抜かれてしまう。自分は何をしているのだと思う。

その後、彼はまず、一枚だけでも自分が必ず取ることにしているカードを決めることにした。これさえ取れれば、ほかになにも取れなくても許せる、自分だけのいわば相棒だ。

◇

日露戦争のときに、沈みかけた軍艦に取り残された部下の海軍兵を、助けに行って死んだ英雄の話を、学校の授業で聞いた。

父からもこの話は何度も聞かされた。長く病臥に伏していたおばあちゃんも、この英雄をたたえる歌をよく床の中で歌っていた。

「スギノハイズコ……スギノハイズコ……」

二キロほど離れたおばあちゃんの家の、座敷の鴨居に、戦死した海軍将校の、大きな写真が飾られていた。彼が訪ねてゆくと、その毅然とした軍服姿が、いつも彼を、他人のように迎えた。父の弟ということだが、彼が今知っている父にも、自分にもぜんぜん似ていなかった。おばあちゃんは、広い庭に面した座敷で、リュウマチの身体を横たえて、息子の写真を、毎日見つめながら歌っていた。

彼にとってこの話は、楽しいものではなかった。自分もいつかそうやって死ななければならないような気がするからだ。

「日本はもう戦争はしないのよ……」

という母の話にすがってはみるが、おびえは消えず、おびえる自分におびえた。とりあえず考えないようにしようと思った。どうせ大人になってからのことだ……。

しかし、まだ子供だからと言って、安心は出来ないのだ。絵本で見た、隠れキリシタンが踏まされる「踏み絵」のシーンでは、子供の信者もそこに並んでいたからだ。イエス・キリストや聖母マリア像が描かれた絵を踏めないものは、キリシタンと看做され、磔にされてしまうのだ……。

彼は怖かった。自分は踏み絵を踏めないかもしれない……。そんな気がしてしまうのだ。マリア様やイエス様の絵が、尊いものだなどと思っているわけではない。ただ、自分の場合、踏もうとしても、どういうわけか身体がこわばって、足が動かなくなってしまいそうなのだ。人に、やれ！と言われるとやれなくなってしまう癖があるのだ。やってあたりまえのことができない。みんなが当然やることができない。だから、逆にみんながやらないことを、みんながやらないからというだけのことでやってしまう。ただなんとなくだ……。なんの意味もなくだ。そういう自分が体の中に居るような気がしてならない……。

自分の場合、信仰への殉教でもなく、軍人の使命でもなく、国とか家族のためとかでなく、もちろん英雄的行為だとかなんとかいうんじゃなくて……。ただなんとなく、みんながやることはやれなくて、みんながやらないから、と、自分がやっちゃって、そうやって、それで死んじゃうことだってありえるような……。そうだったらなんか怖く、悲しいのだ……。

彼の町がある半島の、東側の湾に面している軍港に、遠足で行ったことがあった。日露戦争で活躍したという軍艦が、記念館になっていて雨の中に停泊していた。船尾に「みかさ」とひらかなで大書されている。

灰色の、船内は、彼の気持ちを妙に高揚させた。狭い船室も丸い窓も、すべてが刺激的だった。彼は薄暗い船内を走り回った。広い看板に出ると、雨に打たれながら、巨大な砲台がどっかと座っていた。何本ものマストが、雲に刺さるように突き出している。いつも彼は、遠足や、ちょっとした外出でも、決まって、必要以上、人並み以上にはしゃいでみせるくせがあった。この時もはじめはそんなわざとらしい感じもなくはなかったが、そのうちに本当に興奮してきた。ここで戦争があって、たくさん殺してたくさん死んだんだ……。そう思うと体全体がうっとりとしてきた。

◇

百人一首の中に、

「あまのはらふりさけみればかすがなるみかさのやまにいでしつきかも」

という歌がある。その「みかさ」という響きを、ただ、以前から知っているような気がする、というだけのことから、彼は親しみをもった。

この歌を好きになろうと思った。

みかさは三笠と書くらしい。三笠の山というのは、身近などこかに由来した地名のような気がしていた。なんとなくである。彼の町と、東側にある軍港の町との間に、「笠間」という名の町がある。これが三笠と無関係なはずがないとも思った。今はそう呼ばれていないが、ずっと昔に「三笠」と呼ばれていた一帯が近くにあるに違いない。近くの撮影所の前に「ミカサ」という名前のレストランもあるし……。

歌の作者である阿倍仲麻呂という人物についてもその後知ることとなった。

唐という海の向こうの国に、赴任する途中で遭難し、向こうの国に流れ着いて、そこで一生を過ごしたというロマンチックな話である。彼は、そういう境遇にあこがれた。

その後の長い人生で彼は、百人一首で競って、この札を他人にとられたことはない。最初から、この札の位置だけを素早く確認し、全神経をそこに集中させているからだ。

百人一首は、上の句も下の句も、出だしが同じような言葉、あるいは同じような音で始まる句が多い。それも下の句では「みかさ」の「み」で始まるものがやたら多い。「みたれ」たり、「みをつくし」たりで、けっこう大変なのだ。おまけに上の句が「あ」で始まるのもいろいろあってややこしい。「あかつき」「ありあけ」「あさぼらけ」などで、全部で一五もある。とりわけ、「あまつかぜ」というのと間違えないようにすることだけは、気をつけるようにした。

「あまのはら……」

と聞こえた瞬間だけは体が瞬時に反応した。「あまのはら」の「ら」まで声がいきわたる前に、彼は「はあい」と大声を出して威嚇し、周りを押しのけて一気に札をはじいた。この勝負、負けるわけはなかった。

当然彼は、百人一首で勝ったことはない。

十二　他人の家

父はともかくよく怒る男であった。引っ越す前の日も母に向かって、明日引っ越しなんだぞ、こんな状態で出来るのか！……などと怒鳴っていた。その怒りのほとんどは、実は気のきかない子供たちに向けられていたのだが、彼には父が何を怒っているのかまったく理解できず、自分が何をしていないのか、何をすればいいのかもわからなかった。大体、引っ越すことが本当だと実感したのが、この日の朝だったのだ。

一家が県営住宅から引っ越したのは、彼が小学校四年になったばかりの時である。

同じ町の北の方にある田園と呼ばれている屋敷町に、おばあちゃんが暮らしていることは知っていた。何度かこの家を訪ねたこともある。今住んでいるところから歩いて二、三〇分のところだ。引っ越しといってもそこに移るだけである。

二階建ての大きな家だった。敷地も百数十坪はあった。庭に面した、いちばん広い部屋におばあちゃんは陣取っていた。おばあちゃんは、いつも座っていた。重度のリウマチだということであった。

父のすぐ下の妹にあたる女性が一緒に住んでいた。というより、その家は、もともと、父を除く、おばあちゃんの家族みんなが住むために建てられたものだった。父の弟が海軍の将校かなんかで、この町のある半島の南端の基地に居たから、おばあちゃんはここに家を建て、東京から移ってきたらしい。ところが父の弟はほどなく戦死してしまい、その奥さんは家を出て行ったのか出されたのか、ともかく亡夫の家を去った。

その後、最後までおばあちゃんと暮らしていた父の妹が、何度目かの結婚をして、こんどこそ家を出てゆくことになった。おばあちゃんの面倒をみる人がいなくなるので、長男である父の家族が総出で、そこへ移り住むことになったという。もっともこれは、後から彼が、親たちの何気ない会話の中から、そのように理解したことであって、その頃の彼は、そんなことは知らなかったし、どうでもよかった。

また、以前、一時期、彼の家族もこの田園の家に住んでいたこともあるという。中国大陸から引き揚げて来た当初、そこに身を寄せていたというのだ。彼のすぐ下の妹は、そこで生まれたんだという。ということは、彼も一緒にそこに住んでいたわけであり、その時彼はすでに二、三歳にはなっていたはずだが、彼の脳裏からそうした記憶は完全に消えている。

◇

引越しの日は晴れていた。

門柱の横に黄金色の山吹が密生していた。背丈よりはるかに高いみごとなものだ。以前、子供たちが山から掘り出して来て、自分たちで植えたら、どんどん勝手に大きくなったのである。この山吹も新しく入ってくる人のものになっちゃうんだろうか……。彼は割り切れないものを感じた。

トラックの荷台に積まれている箪笥の横に立って、背筋をぴんと立てて、車の進行方向をじっと見つめた。慣れ親しんだ風景が彼の両側を流れて過ぎて行く。彼を見る者も、トラックに気付く者もいなかった。

「さようなら。」

彼は手を振ってみた。映画か小説の一シーンに自分がいるような気がしていた。というより、そのように自分の気持ちを演出していた。誰も見ていないし、見送ってもくれないが、そんなことは気にならない。彼は道端の家々に向かって、叫び続けた。

「さようなら。」

県営住宅の街区を抜けて、駅に通じる広い道路に出ようとする時だ。前方に、同学年だがクラスが離れている女の子の、オカッパ頭が見えた。赤い長そでのブラウスを着ている。背中にスカートの白いタスキが十文字に交差していた。お互いに、全く興味を持ち合っていない子である。彼女は、彼の声に気付き、振り向いた。彼の顔を認めると、一瞬彼との、普段の距離を測るようなあいまいな表情をした。そして、

「ひっこしちゃうの?」

と彼女は叫んだ。

「そうだよ、さようなら。」

彼は大声で、しかし重々しく答えた。叫んでから少し後ろめたくなった。引っ越しといっても新しい家は同じ町内であり、明日からも、いま横を通り過ぎようとしている小学校には通ってくるのだ。その女の子とも顔を合わせてしまうのだ。しかし、相手の彼女はそんなことは知る由もなかった。

もともと顔見知り程度の子であった。彼女としても、彼のことを、特に意識したことなどないはずだ。多分今後もお互いに、わざわざ会おうとはしないだろう。

しかし、彼の声を聞いた瞬間に彼女の方も、少女小説の劇的な場面に入り込んでいたようだ。彼女は、顔をゆがめながら叫んだ。

「どこ行くの？　もう会えないの？」

手を上げかけた少女の前を、無造作にトラックが通り過ぎた。

◇

引っ越して一週間後の日曜日、県営住宅に遊びに行った。と言っても毎日、隣の小学校には通ってきていたのだが。それでも彼の気持ちは新鮮だった。

ぼくは今、故郷を初めて訪ねているんだ……。

元の自分の家の門まで行った。家と庭を外から見た。

見慣れた光景のはずだが、妙によそよそしいたたずまいをしていた。親しい友だちが、急にほかの友だちと仲良くし出して、彼にばれて気まずい表情をしているような感じとでも言おうか。壁に貼られた板の一枚一枚が、もう彼のものではないことを主張しようとしているように見える。家全体が彼から目をそらそうとしているようで、なんか、いやらしい。

ぼくはもうこの中には入れない……。この間まで自分の場所であることを疑いもなく信じて暮らしていた場所に、なぜかもう入れない……。

何とも言えない感情がこみ上げた。大人になるには、こういう寂しさもあるのかとも思い、しばらくそれに浸ろうとした。

門の周りには、山吹が、引っ越した日のままに黄金色に輝いている。

思い切って彼は、その他人の家の玄関まで行き、

「こんにちわあ。」

と元気よく言った。返事がない。

玄関の硝子戸を引いてみた。建てつけが悪かったためか、もともとスムーズには開かない戸だったが、それはこの日も変わっていなかった。彼は、両手で戸全体を挟んで軽く持ち上げるように横に引いてみた。うまいこと開いた。懐かしい感触が少し彼を包んで、うれしかった。新しい人はこのコツをもう覚えたのだろうか……、教えてあげることも出来るかな……とも思った。

家の中は以前と変わっていない。彼が住んでいた時も家具などはほとんどなかったのだが、今もガランとしていてそのままのようだ。誰も出てこない。

妙な感覚が彼を襲った。母が出てきたらどうしようかと思ったのだ。母が、そこにそのまま暮らしていて、知らない人になっていて、知らない人を見るように自分を見たら……。怖くなった。

不安を吹き消すようにもう一度、大声で叫んでみた。

「こんにちわあ」

それは何かを吐き出すような音となって、目の前の障子を震わせた。

「はあい」

張りのある声があって、左側の台所から出てきた女性は、母より少し若いように見えた。

「あら」

といぶかしげに彼を見る。彼は背筋を伸ばして言った。

「以前ここに住んでいたものです。」

立派な子だと自分で思った。

女性はうなずいて、笑いかけてくれた。

「まあ、まあ、そうなの？　遊びに来たの？」

彼はほっとした。ぼくたちが大好きだった家に、替わりに住んでくれる人がいい人でよかった……。勇気を出して、門のほうを指さしながら言った。

「それで、あの、ぼくたちが植えた、あそこの山吹、少しもらっていいですか。」

彼女は、玄関先まで出てきて、山吹の方に目を向けた。その間笑顔を崩すことはなかった。

「そうねえ、」

と、彼女は言った。少し間をおいて、

「でも」

と言い、そして、

「今はうちのものですし。」

と、きっぱりと言った。

十三　テキサスから来た男

彼らは三人だった。一人は駅前の米屋の息子で、もう一人は「離れ山」近くの酒屋の息子、そして小学四年生の彼である。

彼は、その頃よく遅刻するようになっていた。以前は、学校の隣の県営住宅に住んでいたから、授業開始ぎりぎりに家を飛び出してもなんとか間に合った。しかし、この年の春、彼の家は引っ越した。撮影所のそばの、「田園」と呼ばれる、彼の家族に最もふさわしくない、高級住宅地にである。学校までは急いでも二十分以上かかった。

家の前の道を五〇メートルほど東へ行ってから、南に折れたところに、撮影所へ行く大通りがあった。それを超えて、住宅街を進むと、大きな家電メーカーの工場があり、その塀沿いに広い通りが南北に走っている。

学校へ行くにはそこを通らなければならない。「離れ山」の崖と工場の高い石塀に囲まれた、長い道のりである。以前、もっと幼い頃には工場の正門から入って、敷地の真ん中をぶち抜いている道路を歩けた。しかし、いつの日か、工場全体を塀が取り囲んでしまい、外側の離れ山を削って別の広い道が出来、工場関係者以外は、そこを通って大きく廻り込まなければ工場の反対側、つまり学校の前の道に出られなくなったのだ。

嫌な道だった。工場の塀は長く長く続き、途中には何もない。家もなく通行人も殆どいない。横道もないからもし悪いやつと出くわしても、逃げる場所も隠れる場所もない。草も木も花も生えていないから、行き帰りが全く楽しくない。一度この道に入ったら、一〇分以上はひとりで歩かねばならない。学校前の通りに出るまでは、この広い通路に閉じ込められたままだ。つまり、ただ通り過ぎるためだけの道なのである。夏場になるとアスファルトが照り返し、けだるい熱気がまとわりつく。つまらなくてめんどくさくて、ちょっと気持ち悪くて……、彼はいつも憂鬱だった。

工場の中からも何も聞こえてこない。ただ、朝の始業、昼休み、夕方の終業を定期的に知らせるサイレンが鳴った。それはいつも、街中の人々に覆いかぶさるように長く重く、響き渡った。

夏休みも終わって何日めかのことだ。相当遅れて家を出た。昼近いとも思われた。家電工場横の道には、もちろん登校する生徒の姿はない。一人で、のろのろと長い道を歩く。やっと学校に続く通りと交差する地点まで来た。同学年の、顔見知りの生徒が二人歩いているのが前方に見えた。遅刻者が三人になったわけだ。

学校まで来たが、三人とも黙って校門前を通り過ぎた。彼自身は入るつもりだったのだが、前の二人が、すんなりと通り過ぎてしまい、なんとなくそのままついていった形となった。一人ならともかく、三人になった今、自分だけ教師や生徒たちの、蔑みの視線にさらされる勇気はなかった。

「どこゆくの？」

おそるおそる前の二人に声をかけた。

「いいから来いよ。」

米屋が振り返って言う。

田んぼや畑に挟まれた道を三人の小学生が歩いてゆく。菜の花畑を超えたところに古い寺に入る入口がある。ここまでくれば、学校からは見えない。道の左側に背の高い松が一本聳えていた。松の手前は、水だまりになっていて、田んぼや、道路際を走る水路の水が流れ込んでいる。

左に向かって、細長く、参道が続いていた。その両側は何もなく、田んぼが広がっていた。寺に向かう人々は、遠くからも確認できた。参道は一〇〇メートルほどだ。

この寺は、昔、隣町にあった武家幕府の、執権という最高権力者が建てた、由緒ある寺であった。建立者である執権の墓もあったらしい。しかしこれは、古都ゆかりの史家たちが認識していることなのであって、付近の人々は、そんなに御大層な寺だとは考えていなかったようだ。古都の中心部からは相当離れた場所だったこともあるかもしれない。建立されたころは「粟船御堂」とも称していたという。

友だちの二人は、寺の名前が書かれた大きな石の裏側に寄りかかって、何かぼそぼそ話している。彼は、一人で水路に降りて、水をすくってみた。昼の水はもう生温かかった。
二人は又歩き出した。彼もついてゆく。途中の国道の山裾側に、彼が一年の時に通ってい
た小学校が見えてきた。小学校二年の時、現在の場所にある小学校が出来て、駅に近い方の
生徒が、ここから今の学校に移されたのだ。
前の学校の窓からは、道を行く三人の姿は丸見えのはずだ。まだ、ぼくを知っている先生
がいて見つけられないだろうか……。彼は気になった。この学校では、忘れ物をしたり、授
業中に騒いだりして廊下にしょっちゅう立たされた。いい思い出はない。
国道をずっと歩くと、駅から古都方面へ向かう道とぶつかる。そこまで来てしまうと、少
しづつ元気が出てきた。もう、戻れないし、誰かと出会う心配は完全になくなった。
その様子を見て友だちの二人が彼によってきた。
「なあ、映画行こうぜ。」
酒屋の息子が横を向いたまま言う。
「市民座で面白い西部劇やってるんだ。」
映画なんて、学校のおんぼろ体育館で、定期的にやる映画会しか知らない。「野口英世の
生涯」とか、そういうやつだ。だから、西部劇なんて、見たいに決まっている。でも、映画
館に、親とか大人抜きで、子供たちだけでゆくのは、不良のすることだ……。学校をさぼっ

て、こんなところをふらふらしている自分の現実をさしおいて、彼は逡巡した。

しかし、その気持ちが、うわべだけのものであることは彼自身がわかっていた。

「お金ないもん。」

と言うと、間髪をいれず、米屋が応えてくれた。

「おごってやるからよ。」

すべてが解決した。となれば、すぐにも見たい。彼は、はやる気持ちを抑えて、いいのかなあ……、などと困ったふりをしながら、後についていった。こんな時先頭に出てずんずん進むわけにはいかない。おごってくれる友だちに対してそれくらいの気遣いはあってしかるべきだ……。

映画館のある古都へは、緩やかではあるが、山をひとつ超えなければならない。砂利道の太くて長い長い上り坂だ。

由緒ある大きな寺をいくつか超え、お宮や昔幕府があった地帯を抜けて、古都の駅近くの「市民座」という映画館についた。二時間以上はかかったようだ。

映画館は、どこも、西洋のお城のような形をしている。広い玄関の、手前右横が、円筒形に出っ張っていて、そこに切符を売る窓口がある。大人の背丈に合わせた作りだったから、窓口は子供からすれば、けっこう高い。やっと首が届くところにあった。

どちらかが切符を買ってくれるのか、と思って二人の後ろに突っ立っていると、当の二人は、切符売りの窓の下にかがみこんで、そのまますするりと映画館の中に入ってしまった。内側から手まねきしながら、彼に向って、ぱくぱく口を動かしている。早くしろ、と言っているのはわかった。こうなっては仕方がない……。彼もしゃがみこんで、這うように中に滑り込む。胸がばくばく音を立てる。後ろから何か言われたらどうしようと思ったが、かまわず、会場のドアを開けた。大人たちの背中がぎっしりと詰まっている。その足元をくぐって暗闇の中にもぐり込んだ。初めて、映画をタダで見る術を知った。

◇

西部劇のヒーローは、童顔の貧弱な男だった。やせっぽちで背も低い。最初は誰が主役なのかわからないくらい見栄えがしなかった。幼い彼の眼からも、大したやつではなさそうに見えた。こいつが、やたらと画面いっぱいに、しつこく映し出されてくるので、主役らしいと思ったが、最後まで腑に落ちなかった。

ヒーローは、本人より大きくて派手な顔をした女性とキスをしていた。子供ながらに興奮したが、それは、ただ男女がキスをしているところを見たというより、男が女に無理やりキスをされたようにしか見えない、そのことに対してだった。それほど、この女性は強そうだった。目は大きく鋭かった。頬骨も顎も出ていたし、胸は厚く、肩も頑丈そうだった。比べて男は情けないほどに弱そうだった。

準主役の男の方は、甘いマスクをしたいわゆる色男である。敵と思われる、人相の悪いあらくれ男たちと主人公が向き合っている場面があった。相手が卑怯にもいきなり拳銃を抜こうとした時に、この色男をはじめ、後ろに一列に並んでいた仲間が一斉に拳銃に手をかけて威嚇した。その気迫に圧倒されて悪党がひるみ、すごすごと去って行く。このシーンは印象深かった。男同士はこれでなくちゃいけない。こいつらは若いけれども、名うての拳銃使いであり、無法者ということであった。

ずっとあとになって知ったことだが、主役の俳優は実は、もともとは戦闘機乗りで、第二次世界大戦で、ドイツ軍の飛行機を何機も撃ち落とした、ほんものの英雄だということだった。ほとんど見栄えのしない男なのに、なんでこんなやつが主役なのか、子どもの彼にも何となくわかったような気がした。アメリカのハリウッド映画にはこの手がけっこういるらしい。「翼よあれが巴里の灯だ」という有名な映画で、大スターにのし上がった顔の長い俳優も、以前はアメリカ空軍のパイロットで、戦争の英雄だったと聞く。準主役の色男はその後、ハリウッドで美男スターとして銀幕を席巻した。もちろん、当時の彼はそんなことは知る由もない。

◇

映画館というのは不思議なところで、終って出ていくと、知らないうちに外が暗くなっている。そんなに時間が立ったはずもないのに、外はもう夜なのだ。

急に気が重くなった。帰りも歩いてあの山を越えるのだ。何時間もかけて。

ところが、米屋の息子が、こっちだよ……、と言って、もと来た道と違う方向に歩き出した。数分歩くと古都の駅に出た。米屋は、

「おごってやるよ。」

と、一〇円玉を彼の手に乗せた。

彼は、来る途中で、おごってやるよ……と米屋が言ったのを思い出した。なのに映画はタダ見だった。切符売り場の下を這いずって通った時は恐ろしくて死にそうだった。おごってくれるというから、学校をさぼってまでついてきたのに、あんなにこわい目に合わせられて、損をしたような、裏切られたような気もしていた。

おごってくれるというのは帰りの電車賃のことだったのか……。なんとなくつじつまが合って、彼は納得した。もらって当然のような気になって、無言でこれを握りしめた。

◇

映画は、その頃の小学生にとっては、贅沢かつ貴重な娯楽だった。普通に料金を払って見ることはなかなか出来ないことだった。代わりに、おんぼろ体育館で、年に何回か映画会が

あったし、学校が離れ山の方に移ってからは、新しいきれいな校舎の白い壁を利用して、夏休みの夜、街頭映画が上映された。

時には、学校全体で、隣町の市民座まで、行列を作って映画鑑賞に出かけることもあった。偉人の伝記ものや、「バンビ」「ダンボ」などの、当時は漫画と呼んでいたアニメーションもの、「砂漠は生きている」とか、「滅びゆく大草原」とかの自然物、「原爆の子」「ビルマの竪琴」のようなまじめな文芸ものなどであった。「少年探偵団」などの冒険ものもあった。

彼はともかく、映画館でよく泣いた。何でもかんでも泣いた。

漫画映画の「ピノキオ」なんかで大声で泣いたのは彼だけだった。木製人形のピノキオが、家を出て、不良仲間に誘われて、親から心が離れていくシーンは息苦しく、哀しかった。放浪から帰ってきたピノキオが老いた父親に、どうして泣いているの……？　と聞く……。それに対して、父親が顔を突っ伏したまま、おまえが死んじゃったからだよ……、と答えるシーンですら、涙があふれた。切なくてやりきれなかった。バンビが最後に、鹿の群れの立派な支配者になって崖の上に立ちつくすシーンまで、なぜかさびしくなってううっと来た。大人になりたくなかった。

また、「二等兵物語」という喜劇映画で、息子が、軍隊の父に会いに行って、トイレにかくまわれ、そこで、父がくれた弁当を鼻をつまみながら食べているシーンなど、みんながなぜか笑っているところでも、泣きじゃくった。極めつけは「山河超えて」という映画だ。飼い主を探して、全国をうろつきまわっている犬が、最後に、飼い主の気配を感じて、そこへ向けて疾走するシーンなどは、のどがかれるほどにわあわあと泣きわめいたのだ。

だから映画は苦手だった。

◇

ある日、そんな彼を兄が映画に誘った。その日は両親をはじめ、家族がどこかへ出かけてしまい、兄と彼だけが残された。兄は映画に行きたかったが、臆病な弟をひとり置いてゆくわけにはいかなかったのだ。

それで、市民座に二人で出掛けた。行きの電車賃も入場料も兄が払った。すでに新聞配達でアルバイトをしていた中学生の兄は小遣いを自分で稼いでいた。

なんか、大人っぽい映画であった。しもぶくれだが、ものすごくきれいな女優さんが出ている。よくわからない筋書きで、ごにょごにょと映画は進んでいく。

料亭の庭かなんかのシーンだ。土砂降りの雨の中で、芸者姿といわれる、華やかな着物を着たその女の人が、びしょ濡れになりながら何か叫んでいる。座敷の中に居る背広姿の男に向かって恨み事を言っているらしい。

男の方は、困惑した顔で、やめなさい……、などと言っている。廊下をうろうろしているだけで、雨の庭にまでは出てこない。突然彼は理解した。このきれいな人は、こんなにきれいなのに、こんなにさえない男が好きなんだ……。男の方は、こんなきれいな女性に対して何か悪いことをして、それをごまかそうとしている……。

彼の心にどろどろとした重いものがうごめいた。いやな気分になった。怒っていながら、泣いていて、つらそうでいて、それでいて甘えているような女優の振る舞いが、きれいなだけ、彼の胸を突き上げた。ともかく、これまで感じたことのない暗いものが、この世に用意されているような気がした。大人になんかなりたくないと思った。

彼は、横で画面を見入っている兄に、囁くように言ってみた。

「帰ろうよ、いやだよ、もう。」

兄は、

「ええっ？」

と驚いたようにこちらを見、すぐ前を向いてしまった。

兄がどうしてこんなものを見ていられるのか不思議だった。彼には、この映画の何をどのように感じたらいいのかわからない。だけど、悲しくて重苦しい気分がする。みんな分かっているんだろうか。みんな苦しくないのか……。彼は、兄が嫌いになった。

だから映画はいやなんだ……。映画は彼に、人生とは恐ろしく、大きくなってもろくなことはないと、しつこく刻印するものでしかなかった。

「ぼく帰るよ。」

と兄のひじを引いた。兄は聞こえないふりをして黙って前を見ている。彼が席を立って出口に向かった時に、後ろで彼の名を呼ぶ兄の声が低く、申し訳程度の大きさで響いた。

構わず出口を外に出た。もちろん兄は追ってこなかった。ぼくがお金を持っていないことはわかっているはずだ。一人では帰れないことを兄は知っている。それでもついてこない……。

彼は、さみしくなったが、さみしい気分が盛り上がるのにまかせて、早足で外に出た。ともかく駅まで行った。駅まで来てから、前に来たことのある帰りの道を考えると、気が遠くなりそうになり、振り返った。もちろん兄はいない。

切符売り場に中年の背の高い男性が立っていた。首都行きの切符を買っていたようだ。彼は男性に声をかけた。

「あの、道がわからないんですけど、歩いて行きたいんですけど、教えてくれますか?」

と、自分の家のある町の駅の名を言った。男性は茶色のオーバーコートを着、これも茶色のフェルト帽をかぶっていた。

「ええ？　そこまで歩くの？　よくわからないけど、それは無理だよ。」

「もう暗くなるよ。坊や、小学生？」

「ええ、そうなんですけど、」

男性は彼をまっすぐ見つめて静かに言った。

「お金ないの？」

見透かすような感じもあった。

彼は下を向いて立っていた。おそろしい沈黙があった。男性は彼の手をとって銅貨を握らせた。

「その駅までは十円だから。いいから電車に乗って帰んなさい。」

彼は、

「いえ、いいんです。」

と断ってみせたが、男性はすでに改札口方向へ歩き出していた。

「あのう」

男性が買っていた切符はたしか首都行きだった。だから、電車の方向は彼と同じはずだった。一緒に行ってもおかしくはない。こんなに親切にしてくれた人だし、ちゃんとお礼も言いたいし……。

しかし、彼は男性の後ろ姿に、これ以上近寄るな……。という強い意志を感じた。

「すみませーん。」

彼はその背中に叫んだ。

十四　終わりの雪

四年生の時の担任教師は、音楽学校を出たばかりの若い男であった。黒ぶちの丸眼鏡をかけた顔は精悍そのもので、二つにくっきりと割れた顎の、青々とした髭剃りあとが印象的だ。白い長そでのシャツの襟が広がっていて、袖が膨らんでいる。張りのある太い声で話し、長身ではないが、背筋をぴんと伸ばして歩く姿は、颯爽としていた。音楽の教科書に載っているシューベルトの肖像に似ているように思え、彼は少しあこがれた。

そのころ、彼の通う小学校は移転していた。以前は、県営住宅の隣にあった中学校に併設されていたのだが、駅と「離れ山」の間の田んぼを埋め立てて、新しく近代的な校舎が建てられたのである。

彼の家もそれより半年ほど前に、県営住宅から、「田園」と呼ばれている区域に引っ越していた。そこからしばらくは、以前の学校まで、三十分近くも歩いて登校していたのだが、その後、小学校の方が、新しい彼の住所近くに引っ越してきたのである。これには助けられた。学校までの距離がそれまでの四分の一ほどに短縮されたのだ。小学校二年のときは、県営住宅の彼の家の目の前に小学校が出来て、そこに転校した、今度は、彼が引っ越した後に、その小学校が、彼の家の近くに移転してきたのだ。いつも学校が彼を追いかけてくるようにも思えた。

新しい小学校の校舎は、この市ではモデルスクールともてはやされていた。鉄筋コンクリーなかった。

以前の校舎は、木造の軍用倉庫の内部を教室仕立てに改造した代物であった。床はぼこぼこだし、隙間風は吹き抜けるし、みすぼらしいこと限りない。廊下は真っ暗だ。南側の教室には、日差しが差し込んでいたが、北側の教室は、一日中陽が入らない。

今度の校舎は、各棟ごとに教室は一列に並んでいる。どの部屋にも明るい日差しが一年中さんさんと振り込む。快適そのものだ。急に、自分たちがいいところのお坊ちゃんのような気がしてくるから不思議だ。

◇

雪の日、担任教師が宿直になった。彼を含めて数人の生徒が遊びに行くことになった。

新しい小学校では、男の教師が、輪番で宿直をしていた。好きな教師が宿直になった時には、生徒たちは何人かで、遊びに行っていたようだ。この教師の場合、それまでもそういうことをやっていたのかどうか彼にはわからない。ともかく彼としては初めて誘われたのだ。うれしかった。

夕食をすませて、学校へ向かった。道は雪明かりで、白く浮き上がっている。気持ちが急いて、小走りになった。母から、みんなで食べるようにとわたされた、ビスケットの細長い箱を小脇に抱えていた。

途中、積もった雪の重みで、松の枝が彼の顔付近まで垂れているところがあった。それをどかす前に、おいしいご飯がよそってあるような、葉の上の雪を両手ですくい、口の中に入れた。はしゃぐ気持ちを落ち着かせたくもあった。噛むと一瞬はじゃりじゃりとしたいやな感じがあったが、すぐにそれが解けて、冷たさが口いっぱいに広がって気持良かった。もう一口ほおばった。

着いた時、宿直室にはだれもいなかった。いちばん先らしい。教師は、見回りに出ているようだ。彼はやかんに水を入れ、石炭用のだるまストーブの上に置いた。煙突が、だるまから立ちあがって、天井を迂回している。彼は、湯呑みを出してテーブルの上に並べた。まだ、自分一人しかいない。かいがいしく立ち回っている自分を感じて、少し高揚した。教師が戻ってきた。

「お、えらいな。いつも家でそうやっているのか?」

ほどなくほかの生徒たちも来た。

「あれ、ずるいじゃん。」

彼が約束の時間より早く来たことを、抜け駆けだというのである。彼は、笑ってそれを聞き流した。ほんの少しだが心の片隅に、そんな邪心めいたものはたしかにあった。なんとでも言え、もうすでに、ぼくは先行してしまったのだ。先生もそれを知っている……。

ストーブの周りに全員が集まった。それぞれが持ってきたお菓子を食べながらおしゃべりが始まった。生徒たちの家族について、教師は知りたがった。

◇

三〇分ほどたったころである。

彼が突然、

「せんせー」

と悲しそうな声を出した。おなかを押さえている。

「どうしたんだ。」

と、教師が寄ってきて、顔を覗き込んだ。

「気持ち悪いんです。」

「大丈夫か。」

「はい。」

答えたが、よわよわしい。

「背中さすってみよう。」

と、教師が、彼の背中をさすりだした。途端、

「げえっ」

彼の口から、何かが吐き出され、床の上に飛び散った、白く細いものが、茶色の液体の中でぬるぬると動き回っている。

夕飯で食べたうどんだった。

ほかの生徒は、

「うわあきったねえ、」

「こんなところで、」

とわめいている。明らかに、今日彼が抜け駆けで先手を打ち、点数を稼いだことの罰だという気持ちが、声の抑揚にこめられていた。

彼は焦った。絶望的な孤独が彼を襲う。来る途中で食った雪のせいだ……。

こんな大事な時に、こんなことになってしまって……、という気持ちが余計、彼の状態を悪くした。これが取り返しがつかないということなんだ……。

教師は、彼を寝かせるために、胴体を抱えようとした。途端にもう一発、彼は激しく吐いた。飛沫が教師の白いシャツに、点々と黄色く滲んだ。

◇

気がつくと、母の顔があった。

「あ、起きたのね。」

と、笑いかけてくる。布団の中だ。

学校の宿直室だと気づくには少し時間がかかった。

「おなか冷やしたのよ。寒いからね。」

体半分起き上がった時、

「大丈夫か。」

と、母の後ろから教師の声が飛んできた。彼は下をむいて、

「はい。」

と答えたが、後は黙っていた。ほかの生徒はもう、帰ったようだ。茶碗もお菓子もみな片付けられていた。

母の陰に隠れるようにして、学校を出た。母は何度も教師に頭を下げていた。

◇

翌日、学校に着いたときは、すでに、前日の顛末は教室中に広がっており、彼の所業は生徒たちの格好の餌食となっていた。男子生徒たちは、彼を見ると、

「きったねえ。」

「げろだ、げろだ。」

と、はやし立てた。

教師が入ってくると、一人の男子生徒が、叫んだ。

「せんせー、昨日は宿直だったんですかあ……。」

みんなが彼の方を見て笑った。教師は毅然と言い放った。

「そんなことは、もういい。そんなことをはやすもんじゃない。」

そうだそうだ、みんなひきょうだぞ……。彼は心の中でつぶやいた。やっぱり、先生は大人だ……。先生は味方だ……。

授業の合間、昨晩一緒だった生徒の一人が、

「宿直でよ、せっかく集まってよ、先生も喜んでいたのによ。」

と言いよってきた。

「先に来てかっこつけたりするからだ。罰があたったんだ。」

「そんなこと言っちゃいけないって、先生も言ったじゃないか。」

むきになって彼は反論した。

相手はにやりと笑う。

「何も知らないんだよな。」

彼の胸を嫌な影がよぎった。

「どういうことだよ。」

声が上ずる。

「おまえが寝ている間な。先生は、もうあいつは連れて来るな……、と、言ってたんだぞ。」

まさか、と彼は思った。顔から血の気が退いて行くのが自分でもわかる。相手は、

「いけねえ、言っちゃいけなかったんだった。」

と、わざとらしく口を押さえた。

彼の全身がふるえた。頭もしびれてまた吐きそうになった。

次の授業が終わって、彼は、教室から出た教師の背中に、そっと声をかけた。

「先生、昨日はほんとにすみませんでした。」

振り向いた教師に頭を丁寧に下げた。疑問と恐怖を払拭したかった。

教師は、

「おう、もう大丈夫か、おどろいたぞ、大変だったたな。」

と彼の肩に手をかけて、力強く励ましてくれた。

「元気になってよかった、気にするな。」

うれしくなって、教師と並んで、職員室の方に向かった。他の生徒によく見えるように、
胸を張って、ゆっくりと歩いた。歩きながら教師は、

「お母さん、やさしいな。きれいだな、年より若いな。」

などと話した。

彼は次の言葉を待った。じっと待った。職員室に入り際に、また頭を下げた彼に、教師は、

「いいから、気にするな。」

と言ってくれた。しかし、

「また、来いよ」

とは、とうとう言ってくれなかった。

教師はドアの中に消え、彼は廊下に残された。やはりすべては終わっていたのだ。

十五　星の隣で

大昔、武家の幕府があった有名な古都と、同じ市内にあるとはいえ、旧来の古都区域に比べて、こちらの町はいつも地味だった。学校では、京都と並ぶ日本の旧都であり、歴史と伝統を誇るこの市を支えているのは、我々の町の方だ……、と聞かされていた。郡の一部であったこの一帯が、戦後、古都の市に合併されたのも、産業収益のない古都への、税収の増加を見込んでのことだという。大きな家電工場や化学薬品工場もいくつかあり、日本一の撮影所もある。古都全体の税収の多くはこの町が受け持っているのだ……。

この町の子供たちにとっては、いわゆる古都方面の連中は、いい気なもんだ、ということになる。こっちは一生懸命働いて稼いで、遊び人を食わしてやっているようなものだ。ほんとうは、あまり知られていないがこっちの方が偉いんだぞ……。

とはいえ、町のイメージとしてはやはり暗い。海沿いで風光明媚で、名跡・古寺名刹が居並び、観光客の絶えない古都方面と比べて、格下感は否めない。

大人になって自己紹介するときに、出身地として古都の名を出せば、

「凄いじゃない。あんた、いいところのおぼっちゃんなんだね。」

と、まずは羨望の目で見られる。だが、町名まで言うと、

「ええ?　あそこお?」

と露骨に相手の態度が変わる。

というわけだ。

「やっぱりね。」

と、彼の顔を見つめなおして、得心するものまでいる。

彼が、県営住宅を離れ、同じ町の「田園」という区域の住民となったのは小学校四年生の春である。撮影所近くのここ一帯は、お屋敷のような大きな家が立ち並ぶ、いわば「高級住宅地」ともいえる区域であり、古都に比べて地味なこの町の中では異彩を放っていた。が、彼の家が、この周辺で、記録的に貧乏な家であることを自覚するのに、時間はかからなかった。

家の左隣は医者であった。垣根から見える洋式の庭には広い花壇があり、チューリップやバラが、季節ごとに秩序正しく花を咲かせていた。向かい側には、自動車の設計師が住んでいた。そこのガレージには、当時日本に何台もないという「ジャガー」がおさめられていた。内装が木製の高級家具のようになっている、極めつけのクラシックジャガーである。そして周辺のほとんどが大手の会社の重役だということだ。

おばあちゃんが住んでいたこの家も、彼ら一家が引っ越して来るまでは、なんとか、この区域にふさわしい格式を保っていたようだ。土地も家もそれなりの広さはある。彼が生まれた時すでに他界していた祖父は、生前は中国駐在の領事であり、二男つまり父の弟は、海軍将校だったという。なんといっても、祖父も祖母も、北方の有力藩士の末裔としての誇りを持っていたと聞く。

それが、突然、中国から命からがら引き揚げてきて、やっと県庁所在地にある役所に就職出来た、貧乏公務員の大所帯が押し寄せてきたのだ。両親とおばあちゃんと、子供五人、総勢八人もの大家族となり、格式あるはずの旧家の屋敷は、阿鼻叫喚の極貧空間に変わってしまったのである。

◇

「田園」と称していた区域だったが、畑や農園があったわけでもない。この一帯は不思議なことに、縦、横の道路が、規則正しく交錯していた。街路には様々な樹木が、道路ごとに種を変えて植えられていた。

「田園」という名称が、東京の「田園調布」にならってつけられたという話を、彼が知ったのは、何十年も後のことだ。大正時代にすでに「田園都市構想」なるものに基づいて、一帯を高級住宅地にする計画が着手されていたらしい。それが、関東大震災やら、戦争やらの関係でとん挫したということだ。

駅前通りの北側にあるロータリーから、撮影所にかけての一角は、優美さにおいてぬきんでていた。店も道行く人の姿もしゃれていた。駅と撮影所をつなぐ道は、撮影所通りと呼ばれていた。両側に銀杏が生えそろい、涼しげな日陰を歩道にもたらしていた。美しい道路であった。周辺の工場の薬品のにおいも、赤茶けた煙も、この通りでは、はじき返されているようであった。その通り沿いに、以前彼が、数か月だけ通っていた幼稚園がある。撮影所近辺は、商店街としてにぎわっていた。映画の全盛時代である。撮影所が、この地帯の経済を支えていたと言っていい。

名だたるスタアや、映画関係者が、この通りの周辺に住んでいた。彼の同級生の中にも、この撮影所の大道具や、小道具係の人たちの子供たちも多数いた。子供の彼は、ときどき、撮影所に入り込んで広い敷地をうろつきまわった。撮影所前の道路や、周辺でもときどきロケーション撮影が行われ、サーチライトに浮かんで微笑む女優の立ち姿に、子供たちは、この世ならぬ美しさを感じたものだ。

撮影所正門前の四つ角に、「ミカサ」と並んで「月が瀬」という名のレストランがあった。そこの娘さんが、当時、人気絶頂を極めた男性俳優に見染められて結婚するという、夢物語も現実に発生した。終戦直後の日本映画で、最大動員を誇ったメロドラマ映画の、主人公を演じた俳優なのだ。

県営住宅から引っ越してきた彼の家は、撮影所通りと並行して、一本北側の道に面していた。家の背中側にもお屋敷と言える家が並び、その北側は十メートル幅ほどの浅い川となっており、土手のソメイヨシノが、流れを覆っていた。川を隔てて、大手の家電工場の広大な、芝生の運動場が広がっていたが、そこはもう、古都の市内ではなく、隣の、日本一の貿易港のある県庁所在地の市内であった。

家の前の通りを西へ行くと、孟宗竹の密生した旅館に突き当たる。多くの、俳優や監督、脚本家などが出入りしていた。通りを渡れば、戦前戦後を通じて、以前は流行歌と呼ばれていた歌謡曲の、大ヒットを飛ばし続けた作曲家の家があり、その広大な日本庭園も、塀越しにのぞきこむことが出来た。

彼の家と背中合わせには、親子二代にわたる有名女優が住んでいた。母親は戦前からのスタアであり、娘は、後にヌーベルバーグの旗手と言われた監督の、出世作に主演する話題の女優となった。

◇

彼の家の右隣はある男性俳優の家であった。この俳優は、このころすでに日本映画界切っての、若手の美男スタアとして名を馳せていた。その後、年を取るにつれ渋い色気をたたえた、正真正銘の大スタアになってゆく。

スタアの家の板張りの塀は、いつも落書きでいっぱいだった。

「コーちゃん好き!」

というものが一番多かった。女性と思われるいろいろな名前が書かれていた。相合傘と呼んでいた、上に三角の傘を書き、真ん中から縦に、傘の柄となる棒線を引き下ろし、その柄を挟んで、自分のものらしい名前と、スタアの名前を書き込んであるものがいくつもあった。当時出回り始めた「マジックインキ」を使ったものが多く、消すことは難しかった。そうした文字の上にどんどん同じような文字が重ねられ、板張りの塀は、ほとんど真っ黒になった。

それで、スタアの家では、この塀を、真っ黒に塗り変えることにした。それでも、光の当たり具合によっては、落書き痕がうっすらと見えないことはないが、以前のように目立つことはなくなった。今度はこれにチョークでいろいろ書くものもあらわれたが、これは洗い落とせたから、被害はほとんどなかった。

いつも、スタアの家の塀から、隣の彼の家の生垣を覆うようにして、舗道に若い女性が並んでいた。小学生の彼が、自分の家に入ろうと近づくと、好奇の光を帯びた目線が集中した。行く先が隣の家だと知ると、一気にそれは退いて行った。

ある日、彼は家の前の道端で、一人で、ボール投げをしていた。グローブはまだ買ってもらえない。彼は真上にできるだけ高くボールを投げて、それを素手で捕球していた。そのうちに女性たちが隣の家の前に集まってきた。ボール投げがしにくくなったので、彼は、自分の家の前の歩道のヘリに座って、女性たちを見ていた。

しばらくして、隣の家から長身の若い男が現れた。目鼻立ちのはっきりした、甘いマスクの男だった。まゆ毛が濃く長く、目を囲むようにひかれていたのが特徴的だった。その周りを、男たちが固めて、防衛するような態勢を取っている。女性たちがキャーキャー騒ぎ出す。

つまり、この人が、あの大スタアなんだ……と、彼は思った。顔付きはたしかに甘かったが、全体の雰囲気は想像していたより精悍な感じがした。体も大きい。このときまで、彼はこの大スタアの顔を知らなかった。

男たちが出てきて、スタアと女性たちの間にロープを張り、女性たちは両側の歩道に押し込められた。三脚の付いた大仰なカメラも何台か現れた。

スタアは、付き添っていた男に、小学生の彼が座っている近くに行けと指示し、そこへボールを投げ始めた。ゆっくりとのけぞるように腕を振り上げて、一気にオーバースローで投げおろす。なかなかいいフォームだ。

周りは大騒ぎだ。あこがれの大スタアが、目の前で、キャッチボールをしているのだ。一球投げるたびに、あられもない嬌声があがる。

「キャー！」

「コーちゃんすてき！」

「コーちゃんすごい！」

子供の彼は、恥ずかしいものを見ているような気がして、目をそむけた。座ったまま、ボールを握った手首を上げ下げさせながら、スタアのキャッチボールが、早く終わるのを待った。

突然、悲鳴のような声が上がり、彼は声の方に顔を向けた。頭の右側に、巨大な丸い影が襲ってきた。

「うわっ」

とっさに首を前に折りまげた。間一髪、丸い影は彼の耳があったあたりをうなりをあげて通り過ぎていった。スタアの投げたボールが大きくそれたのだ。当たったらタダでは済まなかったことは明らかだ。

こっちはいたいけな子供なのだ。しかし、一瞬の早業で事なきを得た。われながら少しかっこよかったかなと思った。

ならばいいではないか……。

彼は、大スタアに負担をかけてはいけない……、と、英雄的な振る舞いに出た。にっこり笑って、恐縮しているであろうスタアの方を見た。心配することはないことを知らせるために、手まであげてやった。スタア何するものぞ。今、ヒーローはぼくの方だ……。

そこは、女学生やスタッフのほとんどが密集して、大きな黒い塊になっていた。スタアの姿はそれに包まれて見えない。彼女らは口々に、

「コーちゃん、大丈夫?」

と叫んでいる。

「どうしたの？　何でもないのよ。こんなこと。」

誰もこっちを見ていない。コーちゃんが、こちらを気にかけているという様子もない。そのうちに塊が動き出し、スタアの家の門の方に向かった。もうキャッチボールをする気力がなくなったのか、人々に付き添われて、コーちゃんは門をくぐったようだ。残された女性たちは涙ぐんでいる。

「コーちゃん、大丈夫かなあ。」

「コーちゃん、かわいそう。」

小学生のヒーローの方は、自分の頭を通り過ぎて、家の門柱にぶつかって跳ね返ったボールをひろい、そっと、コーちゃんのいた場所に向けて、転がした。

その時、最後に家に入ろうとしていた、彼より五、六歳上と思われる少年が、ボールを拾った。彼に近づいてきて、

「ごめんね。」

と小さく言い、ボールを彼に渡し、家に戻って行った。

◇

スタアの家の敷地の東側、つまり彼の家に面した方に、二階建ての「離れ」が出来た。そ

れまでは、彼の家の二階から西の方に、観音像や、富士山を見ることができたのだが、「離れ」のせいでそれらは完全に遮蔽されてしまった。

「離れ」はモダンな洋館であった。晴れた日は、窓が開いていることが多く、彼の家の庭から、その二階の部屋の中を見通すことができた。

彼は、その窓越しに、シャンデリアというものを初めて見た。すごいものがあるものだ……。夜、それは、まばゆく輝き、そこから幾重にも放たれた美しい光が、彼の家の庭の隅まで明るく照らし出す。まるで宮殿のようだ、と思った。観音様や富士山が見えなくなったのはさびしいが、あこがれていた世界がぐっと近づいたような気もした。大好きな皇帝円舞曲のイメージとダブって、悪い気はしなかった。

ある晩、その「離れ」の二階から、男の大きなどなり声が聞こえた。カーテンのせいで中は見えないが、誰かが酔っ払っているようだ。同時に、ガシャンガシャンという、恐ろしい音が、彼の家に響いてきた。

「スタアも、いろいろ辛いことがあるんでしょうね。」

と母が言う。

翌日からしばらく、「離れ」の窓は閉まったままになっていた。窓が開いたとき、シャンデリアは、普通の白いガラスの覆いに替わっていた。

◇

数ヵ月後の日曜日、彼の家に、若い女性が訪ねてきた。スタアの家の、その頃は女中さんといわれていた、お手伝いさんだ。彼に来てほしいという。スタアがぼくに何の用だ……。彼の気もちはたかぶった。

お手伝いさんにいざなわれて、隣の家に行った。入るのは初めてだ。

広い門の横にあるくぐり戸を抜け、白い砂利が周りに敷きめられた石畳の道を歩いた。両側にきれいに刈り込んだ松の木が並ぶ。形のいい大きな庭石が据えられ、その横に池があった。

お手伝いさんは彼を「離れ」の洋館に連れて行った。銅で出来た、青くて重そうな分厚いドアがそっと開いて、暗がりに少年の顔があった。面長で色白のその顔は、先日、スタアが彼の頭めがけて暴投したときに、ごめんね……、と彼に言って、ボールをくれた少年のものだった。この家の住人だったのか。それにしてはあまり外では見かけなかったけれど……。

「遊ぶ？」

と少年が言う。

「うん。」

頷くとドアが開いて中に引き入れられ、二階の部屋に案内された。広い一間でがらんとしていた。シャンデリアも、ソファも、ベッドもない。床に直接座布団が数枚敷かれていて、長髪の若い男が一人座っていた。彼を見上げて無表情に、

「どうも。」

と言う。大人のにおいがした。

彼らは、花札と呼ばれるカードを持っていた。

ルールを教えてくれた。「コイコイ」というゲームで、大体のルールはなんとか理解したが、点数とか勝負の駆け引きとかはわからない。ゲームは一時間もしないで終了した。もう一人の方が、スタア家の住人から、数百円規模の金をうけとっていた。スタア家の住人は、彼に向って、

「ぼくはほんとは勝ったんだけど、負けたのが君だけじゃね。」

と言った。二人とも、それ以上やる気はないようだった。

帰る時この少年は、階段の下から、

「またね。」

と言った。

「はい。」

と答えたが、また来るのは無理だろうと思った。相手がもう自分を誘わないだろうこととも

わかっていた。一人でドアを開けて庭に出た。

門まで送ってくれたお手伝いさんに、

「あのお兄さんは誰なの?」

と、思い切って聞いてみた。スタアの弟だということだった。

◇

日曜日の午後、床屋で順番を待ちながら、彼は芸能雑誌をめくっていた。それまで芸能雑誌などほとんど興味がなかったが、スタアの弟と接してから、タダ読みが出来る機会があれば目を通すようになっていた。あのコーチャンが正真正銘のスタアであるという確信を強めたが、金を出して主演映画を見にゆくほどにはなっていなかった。でも、これほどのスタアと少しでもつながりがあると思えば、悪い気はしない。

その日見た雑誌には、スタアと並んでその弟という少年の写真が載っていた。あの少年だった。スタアはにこやかに笑い、その前に座っている少年の方は笑うでもなく緊張するでもなく、普通の顔をしていた。二人は仲のよい兄弟に見えた。

しばらく経つと家の前が、以前ほどには騒々しくなくなってきた。大勢の女学生が立ち並ぶこともなくなった。

スタアのことをラジオが伝えたことがあった。庭で洗濯物を干していた母が、

「ちょっと音を大きくして、」

と言った。スタアが、東京の映画会社に移ったというニュースであった。

「引っ越しちゃうんでしょうね。」

と、隣の家の方に顔を向けながら母が言った。そういえば隣の離れは、このところずっと、人が住んでいる気配がしない。弟だという少年の顔も見ない。

引っ越した後のスタアは、もう一人の、目つきが鋭く背の高い俳優と並んで、東京の映画会社の、やくざ路線の大看板として活躍するようになる。

スタアの弟が、実はスタアの息子だったらしいと知らされたのは、すこし後のことだ。スタアは、戦時中、特攻隊員だったという。終戦後、映画俳優になったのだが、特攻隊員になる前の十代のころ、なじみの女性との間に子供ができたが、スタアになったためそのことを公表出来ず、弟として育ててきたというのだ。

彼は、離れのドアを開けて、彼をそっと招き入れた時の、スタアの弟とされていた少年の顔を頭に浮かべた。そう思ってみるとその顔は、確かに、どこかさびしげだったように思え出した。ぼくなんかと、金も取れない花札なんかやって、楽しかったのかなあと思った。

十六　静かな友

家の前の通りを駅方向に行くと、右側の家に、喜劇役者の息子がいた。いつ頃からそこに住んでいたのかは分からない。気が付けば、ふっとそこにいたという感じだった。抜け目のない、暗い表情をしていた。時に笑顔を見せるが、それが本当に笑っているわけではないことは、小学生の彼でもわかった。

突然その界隈に登場した少年は、ずっと東京の学校にいたんだ……と湿った声で彼に言った。しかし、なぜ今ここにいるのかも、今どこの学校に行っているかも言わなかった。年齢を聞くと、先に明かした彼の年齢と同じだと言う。背は低かったが、随分と老けて見える。やわらかな髪の毛は少し薄く、体の筋肉全体が、下の方へ垂れ下がっているようだ。全体が力なさを、あからさまに表現していた。肌は透き通っていたが、血色も悪い。目は大きく黒々としており、うりざね顔の真ん中に居座っている鼻が不自然に太く、高かった。

少年は、私の父親は、ずっと前に死んじゃったけどけっこう有名だったんですよ、誰でも知っているはずですが……。とか、父のところには、役者や、芸人とか、映画関係の人がたくさん集まっていたんですよ……。などと、丁寧語で言い、彼も聞いたことのある、古い名前をいくつか上げた。

家へ帰って、少年から聞いた喜劇役者の名前を母親に言ってみた。母はパチンと手をたたき、と甲高く叫んだ。

「凄い人気だったのよ。」

戦前、目玉のスギチャンとかいう人と一緒に、喜劇映画の主役を張っていた、というのである。

「あなた、知らなかったの？　そうかあ、知らないでしょうね。」

こっちは生まれて一〇年やそこいらなんだから、戦前のことなんか知らなくても当然だ……。と彼は思う。

次の日、ヤベショーの息子に、ぼくのお母さんが君のお父さんのことを知っていたよ……、と伝えた。息子は、いまさら、そんなこと……、というふうに、少し口元をゆがめて笑顔を作った。おまえの母親あたりに知られていても、そんなことは当然であって、大したことじゃないよ……、とその顔は言っていた。

少年は、彼のことを苗字にさんをつけて呼んだ。界隈で、同年代の友だちをそういうふうに呼ぶのはその子だけだった。全体に立ち居振る舞いが落ち着いていて大人びていた。

有名な父が死んでから、今はおばあさんと一緒に暮らしているという。

◇

ヤベショーの息子が一度、彼の家に来たことがあった。人も知る、喜劇役者の子だということを母は意識していたはずだが、ほかの友だちと同じように、さりげなく優しく応対した。

少年は、玄関を入ると居住まいを正し、

「お邪魔します。よろしくお願いします。お気遣いなく、」

静かに、きっぱりと言い切ってお辞儀をした。そのあと、上目遣いにじっと母を見つめた。その目に、いつも一緒に遊んでいる友だちには見られない、探るような強い光を感じて、彼は少し不安になった。

大仰な家構えに比べて、実態は際立って貧乏だった彼の家では、ろくなもてなしは出来ない。それでも母は、友だちが来るといつも、番茶と、ビスケットとか煎餅のふた種類くらいは出してくれた。しかし、この客人は、お茶にもお菓子にも、全く手をつけなかった。彼の方は、自分もお相伴ができるから、友だちが来るのは大歓迎で、この日もうれしくいただいたものだ。

ヤベショーの息子の家にも何回か行ったことがある。この通りは、屋敷といっていい家並みが続いていたが、その一角だけは、ほかの一軒分の敷地を分割して、細い路地を作り、左右対称に四世帯分の家が建てられていた。連れていかれた家の玄関に表札はなかった。ガラス戸を開けるといきなり現れた畳敷きの部屋は、当然にせまかった。

炬燵に、少年が言っていたおばあさんらしい人が座っていて、彼を見ると少しだけ笑った。

おばあさんにしては若く見える。目に凄みがあった。他人であることをきちんと意識させる目だった。

部屋は一間しかないらしい。三段の小さな茶箪笥以外、家具らしいものはなかった。妙に大きな鏡台が一台、無理やり居座っているように置いてあった。炬燵の下には、一間四方くらいの正方形の絨毯が敷かれていた。

彼の家でも、リュウマチのおばあちゃんが占領している広い部屋いっぱいに、古く、地味な絨毯が敷かれていたが、比べてここのは、小さいがずいぶんと派手な模様が編みあげられている。部屋にも家にも、二人の住人にも、ぜんぜんなじんでいなかった。

また、この部屋には子供用の勉強机とか、本棚などもなかった。おもちゃ類も一切なく、つまり子供が暮らしている気配が全くなかった。

彼は何となく自分にそぐわない感じがして、座るのを逡巡していたが、ヤベショーの息子は、さっさとおばあさんらしい人の正面に廻り、炬燵に座りこんで、動かなくなった。そのまま、何も言わない。おばあさんらしい人も黙ったままだ。その姿に不自然さは全くなかった。ずっと前からそうしていたようにも見える。やむなく彼は、上がり込んだ場に座り、片足の足首を、炬燵の上掛けの下に隠すように差し入れた。

三人は、離れて座って、いつまでも黙っていた。彼は、二人がとぐろを巻いた蛇のように思えてきた。自分も蛇になったような気もした。三匹の蛇は、別々にとぐろを巻いて長い間そこにじっとしていた。

ある日、炬燵でとぐろを巻いているときに、突然ヤベショーの息子が口を開いた。

「どうなの？　そっちは上手くいってるの？」

意味不明だった。

「何のこと？」

聞き返すと、相手は、彼を盗み見るように見上げ、わかってるくせに……、といった表情をした。なんとなく母に関連しているような気がした。相手はうすら笑いを浮かべている。こいつは、時々こうした謎めいた質問をし、彼を不安がらせる。ぼくが一体何をしたというのだ……。

それでも、彼は、少年の大人びた振る舞いに、惹かれるものがあって、よく一緒にいるようになった。

◇

ヤベショーの家から、道路を挟んだ向かい側に、白い洋館がある。彼より二歳くらい年下らしい色白の女の子が、玄関前の階段で遊んでいるのをときどき見かけた。髪が、学校で見る女の子たちよりかなり長く、ふんわりとした曲線を描いていた。近くの子供が教えてくれた彼女の名前は、表札と違う苗字だった。女の子が通っていたのは彼とは違う学校でもあり、ほとんど口をきくことはなかった。

ある日、彼が学校から帰ってくると、洋館の門の前でヤベショーが、その女の子と話していた。

この地に来て間もないと思われるヤベショー、ほとんど周りに知り合いがいないはずのヤベショーが、彼ですら口をきいたこともない、洋館の女の子と話している。今まで見たこともないような表情である。うわずっているでもなく、緊張しているというのでもない。いわば自然体なのだ。女の子の方も同じように、気楽そうに、屈託ない感じでそこにいる。二人は旧来の友達のようでもあり、家族のようでもあった。そこはすでにできあがっている空間のように見え、他人には入りにくい雰囲気があった。

躊躇したが、何もしないで通り過ぎるのも変だと思い、彼は、

「やあ。」

とヤベショーに向かって声をかけた。ヤベショーは、こちらを見て少し、口をゆがめた。すでに遠くから彼を確認していたことをその口は表していたが、眼は、他人の目だった。通りすがりを見やる目だった。あのおばあさんの目だ。彼のほうは、妙に固い気持ちになって、そのまま二人の横を通り過ぎた。ヤベショーも黙って彼をやり過ごした。

その後、母から、その女の子の家は、いわゆるお妾さんの家らしいと聞かされた。旦那さんという人は、東京の大きな証券会社の社長だという。彼は、その男の人を見たことがなかった。お妾さんの意味がわかったのはずっと後のことだ。

◇

二週間ほど学校の友だちと遊ぶのにかまけていた彼が、久しぶりにヤベショーの息子の家に行った。

「こんにちわあ」

甲高い声をあげながら玄関を引くと、苦もなく開いた。中をのぞくと、誰もいない。炬燵も、茶箪笥も鏡台も、絨毯もない。むき出しになった畳には紙切れ一枚落ちていなかった。

彼は、ヤベショーの息子が、この前に自分と会ったときに、何か言っていただろうか……、と思った。自分は、何かとてつもなく酷いことを、自分では気がつかないで、彼にしていたのだろうかとも思った。なにか、この状態と関係あるなにかがあったはずだ……。

しかし、心当たりも、手掛かりになる記憶もなかった。ともかく今は畳以外何もないのだ。ここには、つい先日まで、おばあさんらしい人と二人っきりで、小学生の男の子が、たしかに暮らしていた。それが今は、なぜだか、いない。どこかへ行ってしまったのだ。友だちだったようなそうでなかったような子が。

その事実だけが不気味に寄り添ってきて、彼は軽く身震いした。

向かいの家の女の子には、何か話していったのかな……と彼は思った。しかし、その時、彼は、自分はヤベショーの息子のゆくえについて彼女に何も聞かないだろうと確信していた。

帰り道、彼は、ヤベショーの息子が、自分の母親のことを何も話さなかったことに気付いた。

十七　幸福の町

この町のテレビは最初、駅前の電器屋に現れた。店主の手製だという。直径十五センチほどの円形の画面に、いろいろな機材がむき出しにつながっていて、たくさんの配線が横の方に伸びている。丸顔のスフィンクスのようだと彼は思った。

小学生の彼らは、放課後よく、電器屋の前に陣取って、相撲中継を見た。

力士は、何回も塩をまく。かがみこんだからすぐ取っ組み合うのかと思うのだが、立ち上がってはゆっくりと画面の端に戻って行く。円形画像の中で、彼らの背丈は、端に動くたびに弧に沿って伸び、中心に来れば縮んだ。何度もそれが繰り返された。

相撲が面白いのはいろいろな体型の力士がいることだ。太いの、細いの、でかいの、ちっちゃいの、それらが、ふんどし一丁で、一対一でぶつかり、取っ組み合うことだ。そして、時にはやせ細った力士が、太って画面いっぱいに膨らんだ、横綱と言われる最高位の力士にしがみつき、足を引っ掛けて仰向けに倒したりする。痛快である。小学生の男の子なら誰もがテレビの相撲中継に夢中だった。

家の近くの、撮影所通りに面して、小さな神社があった。いつしかそこに、街頭テレビというものが現れた。箱型のテレビは、大人の背丈より高いところに据えられ、背の低い子供が、遠くからでも見れるようになっていた。

神社のテレビでは、力道山というプロレスの選手が、外国人をやっつけていた。

力道山は、いつも、試合が始まってからずっと、だらしなかった。殴られ、蹴られ、叩きつけられ、ぶん投げられ、リングから放り出され、こてんぱんにやられて、マットの内外を情けない姿で這いずりまわっていた。試合時間のほとんどが、そうした映像で占められていた。

それが、四分の三を過ぎたころの時間になると、場面が一気に変わる。息も絶え絶えだったはずの力道山が、いきなり手刀で相手の首根っこや喉元を打ちまくりだす。これが始まると、あれほど凶暴で強かった相手が、ウソのように情けない男に変身してしまう。体重が力道山の倍近くもあるにかかわらず、手刀がちょいと肩に触れるだけで、ずってんどうとひっくり返る。たちあがっても、容赦のない手刀の洗礼を受け、リング中をふらつきまわり、のたうちまわる。あげく、マットに寝込んでピクリとも動かなくなるのだ。伝家の宝刀空手チョップである。この威力にはだれもかなわない。そして、力道山がぶちのめす相手はかならず、白人の大男だ。

力道山の無敵ぶりにはだれもが興奮し、乱舞した。

◇

この界隈で、テレビのある家はまだ数えるほどしかなかった。そして、テレビのある家は、きまって不幸であった。

テレビのある家はすぐ分かる。アンテナが特徴的なのだ。鉄線が幾重にも折れ曲がったようなテレビのアンテナは、それがそびえている家の、隆盛を示すしるしのように、子どもたちには見えた。テレビのある家は、よほどのお金持ちなのだ。テレビ一台がサラリーマンの平均月収の何十倍もしたのだから。

子供たちはこぞって、テレビのある家の人と親しくなることにつとめた。テレビがあるほどの家の大人は、お金持ちなのだから、貧乏な子供たちを邪険にするわけにはいかないはずである。だから、

「ごめんくださあい。テレビを見せてくださあい。」

と、子供たちの元気な声が玄関から聞こえれば、家の人は、必ず座敷へ通して、観賞させなければならない。上がっていただいたなら、お茶や菓子を出さないと格好がつかない。それが世間というものであり、お金持ちというものである。

家の前の通りを撮影所側に折れた角の家は、平屋建てではあるが、屋根からテレビのアンテナが突き出ていた。

以前は、彼や妹など一人、二人が部屋へ入れてもらって、静かに見せてもらっていただけであった。それがだんだん、テレビを誰にでも見せてくれる家があるぞ……、という噂となって伝わり始めた。

テレビを見せてくれる家の人はおおむねやさしかった。それでもやはり、子供好きの人とか、そうでもない人とか、いろいろあるから、親切さというか、やわらかさというか、当りに多少の濃淡が出るのはやむを得ない。

角の家の人は、ほんとうにやさしかった。二十歳くらいのお姉さんが、両親とともに暮らしていた。お姉さんは、映画に出たこともあるというほどの容姿のもちぬしだったが、結局はそっちの方ではあまりパッとしなかったようだ。しかし、やさしくて気さくで、何よりきれいだったから、どうせテレビが見れるなら、こういうお宅の方が居心地がいいに決まっていた。もちろん、どちらかと言われればの話だ。

◇

そして、その日の夕方、プロレス中継の時間が近づき、角の家の前に、数人の子供たちがうろつき始めた。夜にかけて雨模様になるとのことで、神社のテレビは消えたままだったのだ。

待ち人たちは、なかなか門が開かないので。心配になる。最後まで門が開かないことは十分あり得るのだ……。もともとは全く関係ない他人の家である。自分の家のテレビを、近所の子どもたちに見せなければならない義理も義務もないのだ。それに、テレビを持っているからといってプロレス好きとは限らない。プロレス中継があることなんか知らなくても不思議はないのだ。だから、この日この時間、テレビは、この家の家族の生活から無視されたまま、無用の空き箱のように放置されて、薄暗い部屋の中でしいんとしているだけかもしれない。

しかし、この大事な一戦をテレビが中継しているというのに、だれも見ていないテレビが、ただそこに置いてあるなどということは、子供たちにはどうにも納得できないことだった。不合理きわまるのだ。大事な試合を中継しているはずのテレビがそこにあって、わくわくするような映像がもうテレビの中まで来ているというのに、ほったらかしのままだとしたら……。それを見たい子供がこんなにいるのに、見たってテレビが壊れるわけでもないのに、電気代くらいでたいしてお金がかかるわけでもないのに、こんなときについていないテレビがあるなんて……。ずるい。贅沢すぎる。傲慢にさえ思える。やはり、この時間、そのテレビは、一番それを見たいだれかによって見られるべきなのだ……。

しかし、この日のように、人がたくさん来ているときに、

「テレビを見せてくださあい。」

と大声で叫ぶのは得策ではない。逆効果の恐れもある。

この家からたまたまだれかが出てきたら、その人はいたいけなぼくたちが立っているのを見るはずだ……。そして、そこで、今日はプロレスの中継があり、自宅にテレビのない子供たちが、テレビを見せてもらおうと、すがるような思いでいることに感づくはずだ。だから、

声をかけずに、あまり出しゃばらずに、そこに立っているだけでいい、必ず気付いてくれる。信じるしかないのだ。それ以外ぼくたちに何ができよう……。

子供たちは静かに立っている。それでも試合開始の時間が迫るごとに気が気でなくなってくる。そのうちに、なぜ門が開かないいんだ？　と思い出す。つのる不安が不満に変わる。今日はどうしたというんだ？　早く開けないかな……、などと、ぼそぼそと言い交わすようになっていく。子供の声は甲高い。ひそひそ声のつもりでも、十分声は夕闇をつたって家の中に浸み込んでゆく。もちろん、それも計算済みだ。

その時、門の内側にある玄関の硝子戸がガラガラと開いた。玄関と門の距離は、一〇歩くらいしかない。子供たちは、やっと開いたか……、とばかり門に飛びついて、板の隙間から玄関の中をのぞく。早くしろよ、ほんとに……。

ところがその日は、いったん開いた玄関がすぐ閉まってしまった。なんだ、ぼくたちのために開けてくれたんじゃないのか……。子供たちは落胆する。強制する権利が自分たちにはないことは十分に分かっている。でも、見たい、ほんとに見たい。こんなに子供たちが集まっている。ぼくらの気持は、言わなくてもわかるはずだ。何やってんだこのうちは……。

しかし、今日、やたらと人が増えてきていることも、最初から待っているものにとっては不安材料だ。いつものようにぼくたちだけなら、問題なく入れてくれているはずだ。こんなにたくさんでは、厚かましく思われてしまう……。見れば、けっこう年上のやつもいる。中学生どころか高校生みたいな連中までいるのだ。ポケットに手を突っ込んで、背を丸めて、反対側をむいている。何でもないんだよ、おれたちはテレビを見たいわけじゃないんだ……。少なくとも、おれがせがんでいるわけじゃないよ……。というように。

これでは、いくら優しいお姉さんでも、そこまでは……、と思っちゃったかもしれない。何かされたらどうしようと心配になったかもしれない。お姉さんが優しくても、怖い父親が、冗談じゃない、と、怒ったのかもしれない。まして、その人が病気だったりしたら……。

大体が、この家のテレビを見れるようにしたのはぼくたちなんだ……。彼には、のこのこ集まってきた、初めて見る顔が、迷惑であり、あさましいものに見えた。いい図体をしたニキビ面が、小学生にくっついておめおめとそこにいるのだ。それでお姉さんが玄関を閉めちゃったんだとしたら……。

◇

玄関が再び開く音が聞こえ、今度は門も開いた。出てきたきれいなお姉さんは、子供たちを見まわした。それから、

「あの、テレビなのよね?」

と言う。向こうからかけてくれるこの声を待ってたんだ。みんな一斉にうなずく。

「プロレス？」

と言うから、

「うん！」

と大声で合唱した。

彼女は手を上げてみんなを、玄関の方へ迎え入れる仕草をした。

真っ先に、門をまたぎ、勢い込んで玄関口に立って彼は驚いた。正面に、机が出ており、その上に四角い箱型のものがでんと据えられている。それは鮮やかな色合いの模様に編みあげられた、厚手の布に覆われている。まさにテレビだった。それも、他の家のより大型のやつだ。

「すっげえ。」

という声が沸く。

お姉さんは、最初に玄関を開けたとき、たくさんの子供たちが待っているのを見て、みんなが見られるように、重いテレビを玄関に移動してくれたのだ。もちろん、こんな人数を部屋に上げるわけにはいかなかったということもあるだろうが。

子供たちは玄関口のたたきに密集した。自然に、背の低い子が前に行き、背の高い年上の子は後ろの方に並んだ。一番前の子は、最初はたたきにしゃがみこんでみたが、人がどんどん入ってきて、詰めろ詰めろと騒ぎ、しゃがんでいるスペースを確保することが難しくなって、結局は立ちあがるしかなかった。

◇

試合が始まるころには玄関口からは子供たちがあふれ出していた。

目の前の布が取り払われてスイッチが入った。このころのテレビはスイッチを入れてもすぐには画像が出てこない。ちょっとの間があり、故障だったらどうしようと、わかっていても不安になる。その後、ぎゅいん、とばかりに画面が明るくなる。目の前に、まさしくプロレスのリングが浮かび上がる。もちろんモノクロである。玄関に拍手が沸き起こった。

力道山が出て来る前は、遠藤幸吉とか、東富士とか、駿河海、豊登などという日本人レスラーが、次々と登場した。このころの日本人レスラーは、相撲出身者が多かったが、遠藤幸吉は柔道出身ということだった。少し前に木村政彦という、柔道出身の稀代の強豪レスラーが、力道山と日本一を決する試合をやったことがある。それは、プロレス界における柔道対相撲の、雌雄を決する闘いとも言われた。力道山がそれに完勝して、柔道出身レスラーの肩身が狭くなったとも言われた。そのせいかこの時期のリングは、相撲出身者が席巻していた。

相手の外国人レスラーは、ジェサス・オルテガ、とか、シャープ兄弟とかである。でかくて、凶悪な憎たらしいやつらだ。ハワイ出身の日系アメリカ人も多くいた。代表的なのはハロルド坂田という男で、技巧派であった。子供の彼には日系アメリカ人という人間がいることが理解できなかった。顔も体形もどう見ても日本人だ。しかしそのしぐさや笑い方は、いちいち大仰だが気が利いていて、アメリカ人そのものだ。その純日本人的容姿とのアンバランスさが異様に際立っている。試合ごとに、日本人とタッグを組んだり、にっくきアメリカ側にいたりして、どう応援したらいいのかわからない、やっかいな連中でもあった。

玄関はすでに大騒ぎになっていた。身動きできないほど詰め込まれた子供たちが、相手の反則技に対して、

「やめろやめろ……。」

と、口々にわめくのだ。

反則が、凶器で相手を刺したり、噛みついたりして、相手を血まみれにするような気持ちの悪いことになってきたのはずっと後だ。このころは、反則といっても、首を絞めたり、二人がかりで一人をいじめたり、ロープの外でこぶしで相手を傷めつけたりする程度のやさしいものだった。流血になることはめったになかった。それでも、観客は興奮し、テレビの前では悲鳴がわきあがった。

振り向くと後ろでは、中学生くらいの少年たちが、肩を組み合って、声を合わせて絶叫している。高校生とも思える男たちも品のないどら声をあげていた。こんな大きいのが入り込

んでいるのは反則のように思えた。

可憐な子供たちの切ない願いが、優しいお姉さんにしみじみと伝わり、この上ない慈悲を得て、やっとテレビが見れているのだ。迷惑をかけたりすれば、これから先見せてくれなくなるかもしれないと、彼は気が気でなかった。それをわかってほしいと思った。

「静かにしてよ！」

「ひとのうちなんだぞ！」

と、後ろを向いて何度も怒鳴った。周りに居た彼の友だちも一緒に怒鳴り出した。こうして、声援と怒号と歓声が雑多に渦巻いて、収拾がつかない状態になった。

外はすでに暗くなっていたが、観衆は、玄関から門までの通路を埋め、さらには、開けはなった門の向こうの道にまであふれていた。

メーンエベントは六一分三本勝負だ。なぜ六一分という変な時間枠なのかはだれも分からない。

メーンイベントが始まる前の休憩時間に、ジュースが出た。お菓子も出た。最前列の子はさすがに、

「すみません、ありがとうございます。」

と言ったが、後ろの子に届くころにはみんな、もらって当然のような顔になっていた。届

かない子供は、

「まだもらってませえん。」

と催促の声を上げた。

家の人が出てきたのはその時だけだった。テレビを見ようともしなかったし、見る場所もなかった。

力道山が例によって、ぶちのめされている。子供たちは悲鳴を上げ、相手に怒号を浴びせる。一転して、空手チョップがうなり始めると、

「リキ！リキ！」

の大合唱となった。

天下無敵の力道山の手刀に勝ったのは、チンピラやくざの、小刀だけだった。日本の少年たちにとって最も強く偉大だった男は、何年かのちに、つまらぬ飲み屋のいさかいで、あっさりと命を落とした。

◇

昼間、きれいなお姉さんはときどき、角の家から出てきた。お姉さんが、ほっそりとした背の高い男の腕につかまりながら、満面の笑みをたたえて、撮影所の方に歩いてゆくのを彼は見かけた。鼻筋の通った、つり目の甘い顔立ちの男だった。新進の俳優らしかった。

彼は、彼女が、どうしてこんなに自分たちにやさしくしてくれるのか、何となくわかったような気がした。つまり、彼女は幸せなんだと思った。

母は、

「若い俳優にはいろいろあるのよ。あのひと、つらいことにならなけりゃいいけど。」

と心配した。

しばらくして、その家の、今まであった表札の横に小さく、男の名前が書かれた表札がかかった。少女漫画に出て来る男の主人公のような名前だった。母は、よかったわね……、と、彼に言った。彼もちょっと嬉しかった。

その名前はその後時々、映画のポスターに載った。

◇

テレビは、彼の隣のうちにも来ていた。以前大スタアが住んでいたときにも、当然テレビはあったはずだが、いつも若い女の人が門の前にたくさん居て、とてもじゃないが、テレビ見せてください……とは言えなかった。言っても中に入れてくれそうもなかった。近所の子供が入ったら、ファンの女性たちもみんな入ってきてしまうだろう。

大スタアが東京に引っ越した後、入居してきたのは、老夫婦だった。そこのおじさんは映画会社の役員だという噂があった。二人とも本当に、優しく、温厚な人だった。高校生らしい息子が一人いた。

通りで遊んでいるときに、そこのおばさんが帰って来た。彼は、思い切って言ってみた。

「あの、テレビ見せてくれませんか?」

「あら、テレビ? いつでもいいわよ」

おばさんは太った体をゆったりと回しながらそう言ってくれた。それからは、よく見せてもらった。

そろそろ野球のナイター中継も放映され始めたころだ。夏の一夜プロ野球のオールスターゲームを見せてもらいに、兄と姉とで行ったことがある。

息子さんが一緒に見ることはほとんどなかった。息子さんは、以前大スタアが使っていた「離れ」の洋館の二階で、勉強していた。机がこちら側の窓際だったから、彼の家からも息子さんが勉強している姿が見えた。大学受験らしかった。痩せてはいたが、その姿は凛としていた。

試合途中で、その家の息子さんが、母屋の、テレビのある部屋に来た。息子さんも当然、優しい人だった。にこにこ笑っている。

試合の攻守が入れ替わる場面、つまりチェンジになったときに、息子さんが、

「ちょっとごめんね」

と、意を決したようにチャンネルを回した。喜劇をやっていた。大きなはげ頭で、ヒゲづらの、腹巻をまいた男がわざとらしい大仰な仕草で、面白くもなんともないことを言っている。なぜか、笑い声がテレビの中で湧いていた。

息子さんもうれしそうに笑って、子供たちを振り向いた。子供たちは笑わない。ヒゲ男が言ってることもつまんないし、動作もわざとらしくてくだらないだけだし、観客のいないテレビから勝手に笑い声が聞こえるのも下品で気味が悪い。息子さんが、言った。

「だめ?」

むろん子供たちはうなずき、息子さんはチャンネルを戻して出て行った。

◇

彼の家には当然ながら電話がなかった。隣の老夫婦の家にはこれも当然ながらあった。最初のころのそれは、柱に二〇センチ四方くらいの箱が据えられていて、ラッパのような口が飛び出していた。黒い筒が、箱の左側にぶら下がっていた。これが受話機で、これの、広い方の口を左耳にあてて、箱の右側面にあるハンドルのようなものをぐるぐる回し、飛び出ているラッパに向かって大声でしゃべるのだ。最初に電話を聞いた時には、遠くに居るはずの友人の声がすぐ隣から聞こえるので仰天した。

いつの日からか、彼の家のだれかに電話がかかってくるようになった。もちろん隣家の電話にである。そうすると、隣のおばさんは、玄関から出て、自分の家の門まで走って、表の道を走って、隣の彼の家の門をくぐり、玄関まで来て、どんどんと戸を叩き、

「電話ですよお。」

と叫ぶことになる。要するに四辺形の三辺を走ることになる。

呼ばれた方は、自分の家の玄関から、おばさんが走ってきた道を逆回りして、正確に同じ距離を走って、玄関で、

「すみませえん。」

と言って駆け上がり、電話口まで行って

「モシモーシ……。」

となるのである。

隣家の住居は、門から一番奥まったところにあったたし、彼の家も、同じような作りだった。敷地は彼の家でも百数○坪ほどあり、お隣はもっとはるかに広かったから、走る距離はけっこうなものである。その間、早くても七、八分くらいはかかっている。相手は、受話器を持ったまま辛抱強く待ち続ける。とはいっても、こういう電話をかける方もかける方である。

一度、彼が電話口に駆け付けた時に、

「十分くらいかかったぞ……、」

と、相手が不満そうに言った。冬の夜であれば外は寒いのである。おばさんが着替えか何かに手間取ったのだろう。

おばさんがいないときには、息子さんがやってくれた。おばさんも息子さんもいないときにはおじさんがやってくれた。みんないつもにこにこしていた。

そのうちに、彼の家の兄弟姉妹のだれもが、学校との連絡簿に、隣家の電話番号を書き、そのあとにカッコ書きで「(呼び出し)」と付け加えるようになった。隣家の了解を得たという話は聞かない。

ダイヤル式になりプッシュホンになり、受話器の形も色も変わったが、彼の家に電話が入るまでの一〇年以上のあいだ、春夏秋冬、隣の老夫婦のこうした不幸は続いた。

十八　真昼の決闘

転校して来たのは色白の、全体が細長い感じの男の子である。すでに声変わりしているらしく、太く低い声で話した。ゆっくりと、それでいてはきはきした口調だった。目は細く切れ長で、鼻はすっきりと大人の様に隆起していた。

北海道から来たという。それを聞いただけで、憧れるものがあった。北の大地北海道は、小学五年生の彼の心に、淡いロマンをかきたてた。

転校生の学生服姿は心身の清潔さを滲ませているようであった。袖口から見えるシャツが、白くまぶしい。

カラーという、セルロイドで細長の白いフィルムを埋め込んだ、詰め襟の学生服は、高校生になってから着るものだ。小学生用の学生服は、襟元が、普通のシャツのように折り返してたたまれている。そこから抜け出ている転校生の首は、ほっそりと、可憐なものを感じさせた。この白さは北海道の雪のせいかな……とも彼は思う。

転校生の学生服の生地は、彼が着ているような木綿ではなかったから、洗って縮んだような形跡はみじんもない。アイロン光りもしていないし、ましてや、彼の服の袖口のように、鼻水をこすりあげた跡でテカテカしていなかった。

立ち居振る舞いも、その洗練された服装を、十分意識しているもののように見えた。北の国から来た転校生は、すでに、服を着こなすということを知っていたのだ。そして、これだけあか抜けていながら、同じ坊主頭であったことも、彼に、親近感をもたらした。撮影所よりもっと北の方に、笠間町という区域がある。転校生はそこに越してきた。学校から帰るには、彼が住んでいる田園という区域を越えて行くことになる。だから、帰りは彼とは同じ方向であった。初めのころはいつも一緒に帰った。

そうした関係で、彼は転校生の面倒をあれこれ見るようになった。北国の生活がどんなものだったのかは知らないが、この国の北の果てから、関東の南のこの町に来た転校生にとって、学校生活は、様々に不慣れなことがあるに決まっている。先生やクラスメートの名前、特徴、友だちの性格、通学路にある店の種類、文房具屋、本屋、おもちゃ屋の場所、などなど、教えることは多かった。

◇

学校では、毎週月曜日の朝の一時限目に「学級会」があった。生徒たちの反省会のようなもので、先週一週間に、身の回りで起きたことについて、気がついたことを報告し、それぞれの行為について、生徒同士で、反省したり、賛成したり、意見を述べ合ったりして、学校生活の向上を図るのである。

進行は、学級委員長がやる。すべて生徒が自主的に運営するようになっている。担任教師はただ、横で見ているだけだ。もちろん、適宜、有益な意見や、忠告はする。

ある朝、後ろの席の女の子が、

「はあい……、」

と、手をあげ、彼のことを賞賛した。転校してきた友だちに、親切にして、いろいろ教えてあげているので、偉いと思います……。と言うのだ。みんなが、そうだそうだ……、と拍手をした。先生も満足そうだ。彼は少し得意な気持ちになった。報われた気もした。見るところでは見ているんだなと、クラスのみんなを見直す気持ちが働いた。

彼は手をあげて立ち上がり、

「そんなことは当たり前のことで、特にここで言うようなことではないと思います。」

と声高に言った。褒められてかえって困っている……という気配もにじませたつもりだった。

「そのとおりだ！」

教師が立ちあがって真っ先に拍手をした。そして、

「やっていることも立派だが、今彼が言ったそういう気持ちこそが大切なんだ」

と付け加え、その後、教室は彼に対する賞賛の拍手で包まれた。

ひと月後には、転校生はすっかりクラスに溶け込んでいた。友だちもたくさんできてきたようだ。成績もよく、人柄も気さくだし、何よりも、かっこよかったので、どんどん人気者

になって行った。彼としては、自分の役目が小さくなっていくようでさびしい気持ちもなくはなかったが、転校生がみんなと仲良くなるために、自分が役に立ったんだと思い、そんな自分に満足した。

◇

前の週に熱を出して、三日ほど休んだ月曜日の朝、登校すると、工作の授業で作った彼の作品がこわれていた。優秀作品だからと、教室の後ろに展示されていたものだ。それは、家の近くにある洋館を手本にして、石膏の白い板を組みあわせ、色を塗って作った模型だった。屋根は緑色の瓦を敷き、ペーチカの煙突用の塔まで取り付けた。それが無残にも崩れて、ガラクタのようになっていた。彼は、自分がいないときに起きたであろう事態について、周囲の何とも言えない悪意を感じた。

恒例の学級会で、彼はこれについて、

「どうしてこわれたのか、知っている人はいますか?」

と発言した。

「風でこわれたんだよう。」

南側の窓際に座っている男子生徒の声が聞こえた。彼とは日ごろから仲のいい方の子供だった。いつも冗談を言って笑わせる子だ。でも今日の、この言い方には、からかうような、いやなものがあった。休んでいる間に何かが変わったような気配すらした。

「そうだそうだ……。」

ほかの生徒の声も聞こえた。そっちは日ごろから彼とはうまくいっていない生徒たちの声だった。

学級会の後、彼はその窓際の生徒に向かって、

「本当は、だれがこわしたの?」

と聞いた。さっきの笑い方が気になったからだ。相手は、

「風のせいだとみんな言っているよ。」

と言ってから、いきなり大声でわめき出した。

「なんだよ!ぼくがそんなことするはずないじゃないか!」

途端に、何人かの生徒が集まってきた。

「きみがやったなんて言ってないよ。」

彼は言ったが、相手は、

「そう言ってるじゃないか!」

と、怒鳴り、周囲に向かって叫び始めた。

「ぼくがこわしたと言ってるんだ!。」

言い争いになり、二人の声が教室中に響き渡るようになった。すると、

「じゃあ、決闘でけりをつけたら？」

と笑いながら言う者が現れた。それを受けて相手は、

「そうする？」

と、楽しそうに、彼の顔を覗き込んだ。なんだか妙な雰囲気だ。自分が休む前は、こんなじゃなかった……。始業のベルが鳴った。

「じゃあ、そうしよう、そうしよう。」

彼は笑いながら言って、席に戻った。こうやって、遊びにしてしまって、済ませてしまおうというしゃれた気持ちが働いたのだ。なんにせよ何かを根に持ったり、誰かを恨み続けるのはいやなものだ。そういう男に思われたくない。

決闘の噂は、すぐ周りにひろまった。

「あいつが、自分の工作を壊したやつと決闘してけりをつけると言っている。」

と、触れまわるものもいた。すると、

「おれがこわしたんだ。」

という生徒がどんどん名乗りを上げてきた。みな笑っている。

「それじゃきみとも決闘だ。」

彼は笑いながら、その一人一人に言った。

◇

昼休み、校庭の彼の周りを六、七人が取り囲んだ。

最初に彼の前に立ったのは、決闘のきっかけとなった男の子だ。いつもと変わらず、屈託なく笑いながら言う。

「先にやる?」

彼も笑い返しながらうなずき、相手の顔の頬を撫でるように触れた。

「それでいいのかよ?」

相手が言う。

「うん」

と、彼は答えた。冗談なんだ、遊びなんだから……。

相手は手を振り上げた。その手を振り下ろす瞬間、相手の顔から笑いが消えているのを彼は見た。頬を打つ音が大きく響いた。

その強さに彼はびっくりした。明らかに本気が入っていた。

腹が立った。本気ならしょうがない。こっちも本気でやってやる……。

次の相手が出てきた。周りから押し出されるように出てきた。小さな、いつもみんなからいじめられている、思い切り弱いやつだ。そいつが上目遣いで言う。

「ぶたないんだよね、きみは。」

彼はうろたえた。本気でやるわけにはいかなかった。弱いやつ相手なら本気を出す、などと思われたくない。それで、同じように、ちょこんと相手の頬に触れ、相手は、背は小さいながらも、それなりの強さで彼の頬を殴った。そして、嬉しそうに自分の手を見つめながら、

「もうけた。もうけた」

と、周りをぐるぐる回った。

それからは、彼はいまさら、本気を出すのもおかしなものに思えてきた。ここで本気を出せば、どうしても誰かを選んだことになってしまう。また、本気だということを今ごろ知ったことをさらすようなものだ。そんなのはすごくみじめなものに思える。それよりも、これは遊びなんだ、そう自分は思っているんだ……という信念のようなものが浮かんできた。自分は遊びだと思って、その様にやった。相手は強く打ってくる。しかし、これは遊びのはずだ。そうでなくてはおかしい。相手が本気で打ってきてもそれは相手の問題だという気がしてきた。

その後もずっと、彼は相手の頬に軽く触れ、相手はかわるがわる彼の頬をしたたかにひっぱたいた。

五人ほど終わると、最後に背の高い生徒が前に立った。ほんの数カ月前は転校生だった生徒だ。思わず、彼の口元が親しげに緩んだ。転校生も笑ったようだった。それから相手は彼を見下ろし、ゆっくりと手を挙げ、彼の頬を打ち抜いた。これまでのだれよりも強い衝撃を受け、彼はうずくまった。

女の子が駆け寄ってきた。以前、朝の学級会で、彼のことを称賛したあの子だった。

「何してるのよ！　大勢で。」

と、怒鳴り、かがみこんで彼の顔を覗き込む。本当に心配そうな顔をしている。優しく、温かい。

男子生徒たちは、

「決闘だよ。決闘だよ。恨みっこなしだよ。」

と、笑いながら散って行く。女の子は追い打ちをかけるように毅然と言い放った。

「やめなさいよ！　弱い者いじめは！」

しまった！と彼は思った。

「違うんだ。」

言いながら、立ちあがって女の子を睨みつけた。

「違うんだ。ほんとに。」

かすれ声になっていた。

「そんなんじゃないんだ。」

女の子を睨む目に初めて涙がにじんだ。

十九　煙と太陽

掛け布団越しにサイレンの音を聞いた。上半身だけ身を起こして外を見た。向かい側の家の間を、赤い色が次々に通り過ぎて行く。

「撮影所みたいよ！」

息せききって戻ってきた姉が叫んでいる。

しばらくすると、火元は撮影所ではなくて、その近くだということが分かった。消火作業はすぐ終わったようだ。

撮影所は彼の家から歩いて六、七分も先のところだ。すぐ消えたというし、我が家には何の影響もない。それに今日は日曜日なんだ……。小学五年生の彼はまた布団にもぐり込んだ。

一眠りして、布団から這い出た。食卓に着くと、すでに食事を終えていた兄と姉が大声で話している。

燃えたのは、撮影所前のタバコ屋だという。どきん、とした。そこの息子は彼の同級生なのだ。ドングリまなこで、色黒のひょうたん顔が目に浮かんだ。

何となく肌が合わない生徒であった。

休みの日に、タバコ屋の息子たちと担任教師の家へ遊びに行ったことがある。有名な古都へ抜ける街道沿いに、教師の家があった。古いつくりの民家である。

昼御飯に、少なくとも毎日家で食べているものに比べれば上等なものが出て、彼は次々とうさまでしたあ……、と元気よく叫んで、箸を置いたときのことだ。

隣に座っていたタバコ屋の息子が、

「おかずも、ご飯も全部食べちゃだめなんだよ。」

と言うのだ。彼の方は、父親から、出されたものは全部平らげろ、残しちゃ失礼だ、お百姓さんに申し訳ないと思え……、と教えられていた。それで、タバコ屋に向かって、父に言われていた通りに反論した。タバコ屋は、

「君の父ちゃんは、だめだなあ。」

と言う。彼は思わず掴みかかったが、相手は動じてくれない。そして、

「全部食べたら、これでは足りないじゃないか、もっと食べさせろ……、ということになっちゃうんだ。少し残さなきゃいけないんだ。そうすれば、これでおなかいっぱいです、もう結構です……、ということになるんだ。」

教師の方を見ながら得意げに言う。いやなやつだった。

◇

撮影所の前は商店街になっている。門のまん前から駅に向かって、広い、銀杏並木の道路が貫かれ、その両側に、レストランや蕎麦屋、定食屋、酒屋、床屋、文房具屋、魚屋、八百屋、肉屋などが立ち並んでいた。

タバコ屋は、撮影所の門に向かって右側にあった。そのあたりは、小さな店がぴったりと寄り添い、住宅も密集しているところだ。火が、周りに移ればひとたまりもない。一角全体が、焼け出されてしまう恐れも十分あったが、幸いに、そこまでには至らなかった。死者はもちろん、やけどをした人もいなかった。

昼ごろになって、現場に行ってみた。タバコ屋の店先に、焼け焦げた椅子や、座布団が積み上げられていた。店の外壁は、変わっているようには見えない。中は暗く、灰を交えた水が、黒く細く流れ出していて、撮影所の門付近まで届いていた。

焼けたのは内側の一部ですんだらしい。

消防車も引き上げていた。見物人が三人ほど立っているだけで、辺りは森閑としている。彼は、同級生の男の子は、どこへ行ったんだろうと思った。

翌日の月曜日、タバコ屋の息子は学校に来ていた。

「だいじょうぶなの？」

と、聞くと、

「アハハ。」

と、屈託なく笑った。というより、そう発声した。

「あのうち、まだ住めるの？　これからどこに住むの？」

と、突っ込んでみた。タバコ屋は、

「ええ?」

と、不思議そうに首を傾げるしぐさをした。何の話なの……? と言わんばかりだ。

それからまた、

「アハハ。」

とだけ、横を向いたまま発声した。

◇

一月ほどして、タバコ屋の主人が逮捕されたという記事が新聞に載った。同級生の父親が警察に捕まったのだ。大事件である。

「保険金目当ての放火なんですって。」

と、食卓で母が言う。

「よっぽど困っていたのね。」

放火のために石油を置いておいたところだけがほとんど燃え残ったらしい。それが動かぬ証拠になったという。その頃、ほとんどの家に石油ストーブなどはなかった。どの家も炭や、たどんや、練炭で、暖をとっていた。だから、金持ちでもない普通の家に石油があればそれだけで疑われてしまうのは当たり前だ。その上、その夜は、三人の子供のうち二人は外のところに預けられていて、家にはいなかったんだという。あまりにも見え見えではないか、ということだそうだ。

母は、

「そんなもんなのね。運が悪いというか。」

と言い、その後、

「やっぱり、悪いことは出来ないということだわね。」

と付け加えた。

彼は、その夜家に残されていた子供は誰なんだろうと思った。家が燃えちゃうというのになぜその子は家にいたんだ。死んじゃうかもしれないじゃないか。まさか、死んでもしょうがないと、親に思われている子なのか……。それで、父親が、途中で怖くなって自分で火を消そうとしたんだとしたら……。その想像は、彼をおびえさせた。

彼は、火事の翌日に見た級友の、屈託のない笑顔を思い出して、胸がつまった。あいつ、悪い人の子供になっちゃうのか……。急にタバコ屋の息子が、違う世界の人になったような気がした。早く会って、今まで通りだということを知りたかった。

母も父も、火をつけた人の子供が、彼の同級生だということは、もう知っていた。

「いいか、父親の問題だ。その子とは関係ないぞ。」

父が怒ったような顔をして、彼の胸の前に突き出した指を揺らした。胸の奥を突かれたようで息が詰まった。このぼくがなんでこんなふうに言われなきゃならないのか……。

急いで、タバコ屋に行ってみた。周りはきれいに片づけられ、掃き清められてさっぱりしていたが、内側は何も変わっていないようだ。ただ、火事の直後の時より、多くの人が中を覗き込んでいた。朝の新聞記事のせいだ。ひそひそ声が彼の耳に伝わってくる。

もちろん同級生の子はいなかった。いるはずはないのはわかっていた。

その日からタバコ屋の子は学校に来なくなった。

もう来ないのかな、来にくいのかな、……。と彼は思った。自分のせいじゃないのに。自分は何も悪くないのに……。

◇

一週間後、タバコ屋の息子が、ぽこんと学校にやって来た。特に変わったようには見えなかった。彼の方は最初、少し意識し、意識している自分を意識した。口がこわばる。それでも、

「よう……。」

と、声をかけてみた。タバコ屋はやはり、

「アハハ。」

と、真っ白な歯を見せた。

昼休み、校庭で、チャンバラをやった。拾ってきた木の枝とか、竹だとかを刀に見立てて、切り合うのだ。それぞれが、宮本武蔵や、荒木又衛門とか、塚原卜伝とか、実在の剣豪を名乗って、相手をたたっ切る仕草をするのだ。先にやられたら、当然死ななければならない。

彼は、一人の剣豪と対していた。相手はタバコ屋の息子だ。

タバコ屋は最初から何もせず、ずっと校庭の端に突っ立っていたのだ。動かないし、だれにも切りかかって行かない。何となく彼を相手にしにくいと、だれもが感じていた。仲間はずれにするというような気持ちは毛頭なかったが、自分たちがタバコ屋をいじめているように思われたくはなかった。結局、事実上は、無視しているようになってしまっていたのだ。

彼は敢えてタバコ屋の息子に勝負を申し込んだ。遠慮していてはかえって意識していることになるんだ、と真剣に思った。

彼は自分を、佐々木小次郎、と名乗り、ぼうっと突っ立ったまま名乗ろうとしない相手の剣豪に向かって、やあ……、と切りこんだ。もちろん、十分よけられるようにゆっくりと棒を降ろしたのだ。しかし、相手の剣豪はよけようともせず、肩を打ち込まれてぐんにゃりと座り込んでしまった。びっくりしたが仕方がない。彼は上からかぶさって押し倒し、芝居じみた調子で言った。

「命はもらった。」

剣豪の体は妙に柔らかく力なかった。触れてはいけないものに触れてしまったようで、少し気持ち悪い感じもした。しかし、彼は敢えて、

「覚悟はいいか。」

と、気張った声で告げた。そうすべきだと信じた。

その時、おとなしく抑え込まれて、うつむいていたタバコ屋が、ゆっくりと首をこちらに向けた。低い声だった。

「死んでもいいもん。」

透き通るような真顔だった。ドキッとした。

「死んでもいいもん。ぼくなんか……。」

彼は思わず手を離した。

立ちあがったタバコ屋は、ぞっとするような、生気のない眼でこっちを見た。死んでもいいんだよ。ほんとに……、と、その眼は繰り返している。

それから、タバコ屋は、ゆっくりと口を半開きにした。

「アハハ。」

と言ったようだが、声は出ていない。笑ってもいなかった。

翌日、タバコ屋の息子は登校してこなかった。転校したことを伝えられたのは三日後だ。

転校先も引っ越し先も先生は教えてくれなかった。東京の方だと言う生徒もいた。転校理由も生徒たちには聞かされていない。その後、生徒たちはこのことを、特に話題にすることはなかった。何も聞かされなくてもだれもが、勝手に何かを合点していたのだ。

◇

中学三年の夏、彼は友人と二人で、古都の海岸にいた。泳ぎが好きなわけでもないし、パラソルやゴムボートを借りる金もない。二人はただじりじりと、熱砂の上で貧乏くさく焼けただれていた。

少し離れて立っているパラソルのまわりから、若い男女の華やいだ声が湧き上がっている。七、八人の、大体が二〇歳前くらいの集団である。色とりどりの水着やアロハシャツを着ている。ポータブルラジオから、軽快なテンポの音楽が流れている。

一、二年前から太陽族という妙な連中が、巷で取りざたされ、それらしい者たちが東京から来て、海岸にたむろしていた。派手で安っぽい柄の開襟シャツを羽織って、サングラスをかけていた。喧嘩っ早いのが売りであったが、その割には、坊ちゃん刈りの両側を、垂直に刈り上げたような、甘ったれた髪形をしていた。

その集団の中で、彼が見たこともない形の、胴がへこんだ黒っぽい瓶をラッパ飲みしている男がいた。他の連中よりいくらか年若く見えるその男は、赤と青の水玉模様のシャツを着て、カンカン帽のような白い帽子をかぶっていた。砂に敷いたビニールの上で、ピンクの水着の女性とトランプをしている。

「そうじゃないよう、どうしてそんなもの出すのよ、いつまでもおぼえないんだからあ……。」

男はよく通るが低い、やわらかい声で、女性に語りかけている。からかっているような、あしらっているような、それは実に手慣れたお相手の仕方のように見えた。

あれ？　と思った。声の抑揚に聞きおぼえがあった。自分と同じ年頃にはとても見えなかったから、人違いかな、とも思いながら、その男を見つめる。

彼の視線を感じたのかはわからない。若い男が、首を少し傾け、顔の方向を少しずらした。横顔から、女性に向けていた笑顔がすうっと消えて、表情がなくなった。

若い男は首をさらに回した。その時、彼の目線と重なり合った。二人は数秒間見合った形となった。男の顔には何の反応もなかった。物を見ているような目だ。と言うより、そこに目線を置いているそれだけのもののようであった。

しかし、彼のほうは、若い男が自分を認識したと、直感した。男に向かって手を上げかけたが、その瞬間に、若い男は相手の女性の方に顔を戻してしまった。

「もう、何にもわかんないんだから、やってられないよ。東京に帰っちゃうよ。ぼくが帰っちゃっていいの？」

などと、変わらず、屈託なく笑いかけている。

「いやあよ、どうしてそんなことというの？」

女性の方は、体をくねらせながら鼻声で言う。かなり年上にしか見えない女性が、本当は中学生のはずの男に甘えているのだ。

若い男は、顎をしゃくった。

「アハハ。」

白い歯が鮮やかに光った。

あとがき

古希を迎える一年前の誕生日、突然それまでの、労働組合機関紙や、裁判所もしくは労働委員会などに向けた文書とは、次元を異にする文章を書き始めた。気の遠くなるほどの長い間、自分はいつか小説のようなものを書くのではないか、と思い続けて過ごしてきたことに、いまさらながら気づいたということらしい。

戦後の、幼少時代をすごした町が舞台となった。干からびて、薄皮のように脳裏にこびりついていた記憶に、想像の息を吹き込み、発酵して湧き出た気体をくるんで、ふうわりと今の世に浮かべてみたい、そんな気持ちがあったように思う。

書き進めると、主人公の少年をはじめ、あのころの人々や風景が、知らぬ気に、私に随行しているような、やわらかな感慨に覆われた。愉快な体験であった。

一年ほどで書き上った。その後二年間ほど、発表される当てもなく、この原稿はパソコンのなかをうろうろしていた。昨年、梅雨入りの少し前、四谷の某所で、思いがけず高野慎三氏と出会い、話が弾み、心豊かな時を過ごした。その後、何度か交流する機会を得るなかで、氏が主催する北冬書房から、本稿が単行本として刊行される運びとなった。本稿にとっても私にとっても、法外の幸せが訪れたのである。

二〇一七年 梅の候　佐々木通武

著者略歴
1944 年、現中華人民共和国北京市鉄匠胡同で生まれる。敗戦後、青島から佐世保に引き揚げ、鎌倉市大船に住む。大船小学校、大船中学校、湘南高校に通学。港湾荷役事務、印刷、倉庫業務等を経て法律事務所勤務。一方で早稲田大学社会科学部に在籍。在学中に東京に移り住む。
法律事務所で発生した自らの解雇問題を契機に、その後約４０年にわたり、労働運動・社会運動に取り組む。この間の経緯は「世界でいちばん小さな争議―東京・中部地域労働者組合・柴田法律事務所争議記録編集委員会編―」に詳しい。
運動の傍ら句作に携わる。句集に「監獄録句」「借景」「反射炉」がある。

短編集「影絵の町―大船少年記―」
発 行 日　2017 年 4 月 8 日
著　　者　佐々木通武
編集協力　本多海太郎
制作協力　シナプス
発 行 者　高野慎三
発 行 所　北冬書房
〒 153-0044
東京都目黒区大橋 2-9-10
tel 03-3468-7782
FAX 03-3468-7783